Eric Frimat

QUESTION D'HONNEUR

Roman

Édition : BoD – Books on Demand, 12/14 rond-point des Champs-Élysées, 75008 Paris.

Impression : BoD - Books on demand, Norderstedt, Allemagne.

ISBN 978-2-32222-190-5

Dépôt légal : mai 2020

Prologue

Et voilà ! Cela fait déjà un mois. Même si la notion de temps n'a désormais plus beaucoup de sens en ce qui me concerne. Cela fait déjà un mois que je suis détaché de mon corps et que je les observe. J'ai le sentiment de manquer à mes proches, si j'en crois la tristesse qui continue à accompagner chacun de leurs gestes, mais rien n'est moins sûr. Il m'a fallu apprendre à mes dépens qu'il ne fallait pas se fier aux apparences.

Je dois pourtant admettre que mon enterrement était réussi. Des pleurs, les musiques que j'avais aimées, une assistance nombreuse. À ma grande surprise, rien ne manquait. Bon, j'aurais sans doute préféré un peu moins de fleurs. Surtout que toutes n'étaient pas du meilleur goût, comme les œillets par exemple que j'ai toujours détestés. Mais il est vrai qu'après la mort, on ne maîtrise plus rien. Le fait que j'avais demandé à être incinéré, et que finalement, mon corps finisse enterré entre quatre planches me l'a confirmé. Pour le moment, j'ai échappé à la plaque funéraire avec ma tête tout sourire dessus, mais j'ai peur que cela ne soit qu'un répit. Quant aux déprimantes fleurs artificielles, inusable alternative à l'oubli, je fais malheureusement confiance à ma mère pour ne pas me les épargner !

Même si j'ai toujours été athée, j'ai eu droit à une bénédiction à l'église. La chance a malgré tout été de mon côté. Ma famille n'était pas parvenue à mettre la main sur un prêtre et elle a dû se contenter de laïcs. Je dois avouer qu'ils ont plutôt été bons dans leur animation de la cérémonie. Ils ont eu des interventions réussies. Ma personnalité contrastée a été évoquée avec justesse. Je n'aurais pas fait mieux. Hélène, ma moitié, a été émouvante avec un discours tout en retenue. C'était bien la preuve qu'elle m'avait cerné après toutes ces années passées à mes côtés. J'en avais les larmes aux yeux. Mes deux enfants me faisaient de la peine, tout ratatinés sur leur siège. Pourtant je crois qu'ils finiront par accepter ma disparition, et je suis persuadé qu'un jour ils auront la force de tourner la page.

L'arrivée au cimetière sous l'averse a été l'apothéose. Déjà la couleur tristounette du ciel faisait un peu cliché, mais ce défilé devant la tombe, pour jeter une rose sur le cercueil, donnait vraiment à l'ensemble un aspect un peu trop solennel. Certains ne faisaient que passer et se débarrassaient de la fleur rapidement, tandis que d'autres prenaient leur temps, en marmonnant ce qu'il semblait être une prière. Enfin, je n'en ai pas eu la certitude, car le vent qui s'était levé ne m'a pas permis de le vérifier. En m'approchant davantage, peut-être aurais-je simplement perçu un soupir de soulagement.

Le clou de la journée a été quand la grand-tante Yvette a pris son élan pour fleurir mon cercueil. Comme elle n'est pas très grande, elle a dû craindre de manquer sa cible, et manifestement, elle a mal dosé son effort. Je l'ai vu trébucher et partir me rejoindre, emportée par sa ferveur, mais elle a été retenue de justesse par mon frère. Il a eu des réflexes étonnants sur ce coup-là malgré son embonpoint.

Dommage, j'aurais aimé un peu de compagnie. Enfin, elle m'a bien fait rire. C'était d'ailleurs bien la première fois.

Même celui par qui tout est arrivé a osé se pointer. Il aurait pu faire preuve de pudeur et s'abstenir. Car après tout, c'est à cause de lui que je suis là. Certes, il n'a été que l'instrument qui a tout déclenché, mais sans lui, je ferais encore partie du monde des vivants. Il n'aurait pas dû entrer dans ma vie, et moi, j'aurais dû mieux évaluer les risques à le côtoyer.

Tout ça pour finir avec un couteau dans le dos. Eh oui, j'ai été assassiné, et mon meurtrier ne sera sans doute jamais inculpé. Assassiné, un mot qui résonne désormais curieusement à mes oreilles. En général, un terme qu'on associe à des mafiosi ou à un serial killer, pas à quelqu'un comme moi qui ne demandais qu'à vivre. J'avais encore tant de choses à accomplir. Je ne verrai pas vieillir mes enfants. Ces voyages qu'on envisageait avec Hélène resteront maintenant pour toujours à l'état de projets. Et dire que j'avais en tête de changer de travail et de région, pourquoi n'ai-je pas pris la décision plus tôt ?

J'en veux à celui qui a mis fin à mes jours. La vérité est que j'ai été trop confiant. Trop naïf aussi. Je pensais savoir reconnaître les personnes toxiques, et je me suis rendu compte trop tard qu'il n'en était rien. Mais comment ai-je pu commettre autant d'erreurs en si peu de temps ?

Bientôt, je ne serai plus qu'un souvenir dans l'esprit des gens qui tôt ou tard ne tardera pas à disparaître. L'individu qui a causé ma perte continuera à vivre et mes proches trouveront un équilibre dans une nouvelle vie. Et moi dans tout ça, j'en serai réduit à me remémorer éternellement le match de football qui a été à l'origine de tous mes problèmes.

1

Stade Félix Bollaert de Lens, quelques semaines plus tôt. Un samedi d'avril.

Le speaker annonce la composition des équipes dans une ambiance survoltée. C'est le grand soir. Lens accueille Lille, son rival de toujours. Depuis déjà deux heures, les supporters des deux camps adverses se chambrent en se lançant à la tête des noms d'oiseaux. La tension est palpable.

Laurent a accompagné Thomas au stade pour le fun. Il n'est pas un inconditionnel de Lens, mais son ami a insisté. Et puis un derby, c'est toujours spécial, même pour lui qui regarde habituellement les matches à la maison. Thomas est parvenu à avoir des places, alors il s'est dit pourquoi pas ? En attendant que les deux équipes entrent sur le terrain, Laurent s'imprègne de l'atmosphère des lieux.

Pour lui qui aime la solitude, être au milieu de la foule est toujours une épreuve. Ce sentiment d'oppression qu'il ressent habituellement au contact des autres a souvent tendance à lui gâcher la fête. Mais aujourd'hui, paradoxalement, il se sent détendu.

Thomas a bien fait les choses. Ils sont placés à hauteur du centre du terrain, en tribune « Lepagnot honneur ». Quasiment les meilleures places pour voir le match, si on excepte l'ambiance nettement plus froide que dans les tribunes Marek et Xerces, plus animées. Laurent ignore encore comment son ami est parvenu à se les procurer. Une combine avec son entreprise, s'il a bien compris, mais pour le moment, il s'en moque. Il savoure le spectacle des drapeaux et des banderoles sang et or agités en face de lui. Les chants remplissent le stade et il se laisse porter par la liesse populaire.

Les acteurs du match entrent sur le terrain et les supporters entament leur hymne fétiche « La Lensoise », en hissant les couleurs du club. Un instant toujours particulièrement émouvant, surtout pour les spectateurs occasionnels comme lui, peu habitués à cette manifestation de ferveur. Le stade vibre à l'unisson dans un bel enthousiasme, seulement perturbé par quelques sifflets lillois, vite recouverts par les chants lensois.

Pour l'occasion, Laurent a ressorti son écharpe aux couleurs du club qu'il brandit fièrement. L'arbitre place le ballon au centre de la pelouse. Le coup d'envoi est sur le point d'être donné. Placé en bordure de rangée, il attend la clameur qui ne manquera pas de s'élever quand le sifflet de l'homme en noir retentira.

À cet instant, quelqu'un descend précipitamment l'escalier qui mène à la sortie et bouscule Laurent, en lui adressant au passage un coup de coude dans les côtes. Surpris, ce dernier a juste le temps de dévisager l'importun avant que le match ne commence. Sans un mot d'excuse, l'individu sort de la tribune et disparaît de son champ de vision. Laurent trouve bizarre ce départ précipité, avant même l'entame du jeu, mais attribue l'attitude du spectateur à une envie pressante. La partie démarre alors et il oublie bien vite l'incident, en reportant toute son attention sur le spectacle.

*

Ludovic l'a repéré en tribune présidentielle. Ainsi, l'information était bonne. Ce fumier ne rate aucun match. Et bien sûr, avec l'argent qu'il extorque à ses victimes, il n'a aucun mal à se payer un abonnement à l'année sur les places les plus chères. Inutile de rester là à le guetter, il n'arrivera pas à l'approcher sans se faire remarquer. Déjà que regarder du football est pour lui un supplice, autant l'attendre dehors. Il sait où. Son informateur lui a parlé de problèmes de prostate. Il serait étonnant que son persécuteur puisse tenir quarante-cinq minutes sans avoir à se soulager la vessie à au moins une occasion.

Ludovic se hâte de sortir de l'enceinte sportive pour rejoindre les toilettes les plus proches. Il compte sur son déguisement à l'emblème du club - une écharpe et un bonnet « sang et or » - pour passer inaperçu.

Il dévale l'escalier. Manquant de perdre l'équilibre sur une marche, il se retient avec peine à un spectateur à qui il donne par mégarde un coup de coude. Il croise le regard courroucé du supporter qu'il a percuté et ne se donne pas la peine de s'excuser. Il emprunte la sortie sans se retourner.

Il parvient rapidement à destination et s'enferme dans la cabine des WC la moins éloignée de l'entrée, priant pour que la chance soit pour une fois avec lui.

*

Les deux amis s'ennuient, comme d'ailleurs la majorité des spectateurs. Déjà vingt-cinq minutes que la partie a débuté et aucune occasion franche à se mettre sous la dent. Un festival de maladresses caractérise le match, jusqu'à présent bien terne. L'ambiance est tombée d'un cran et tout le stade est dans l'attente d'un exploit individuel qui lui permettrait de sortir de sa torpeur.

Laurent commence à se désintéresser du jeu et observe les gens autour de lui. La faune de la tribune présidentielle l'a toujours intrigué et il entreprend de passer en revue les gens qui y paradent, espérant mettre un nom sur un visage connu. Il ne lui faut pas longtemps pour avoir le regard attiré par un personnage qui fume ostensiblement un gros cigare, alors même que des panneaux d'interdiction fleurissent un peu partout. Curieusement, aucun stadier n'intervient pour lui demander de respecter la consigne, ce qui ne manque pas d'étonner Laurent.

La soixantaine, il transpire l'opulence. Corpulent, avec son front dégarni et ses tempes grisonnantes, on pourrait presque le prendre pour une caricature de Marlon Brando dans « Le parrain ». Son pardessus, visiblement d'une grande marque, lui confère l'image de quelqu'un sûr de lui qui n'a pas l'habitude de s'encombrer de détails. Laurent songe immédiatement à un homme politique, sans parvenir à l'identifier. La seule certitude qu'il peut avoir est que tout le monde a l'air aux petits soins pour lui. « Encore un qui assure sa tranquillité à grand coup de pourboires » pense-t-il alors, toujours surpris par l'importance du pouvoir de l'argent, même dans les situations les plus anodines.

Au même instant, comme s'il se sentait observé, l'homme se lève et gagne la sortie, immédiatement suivi comme son ombre par un autre individu au physique imposant que Laurent imagine être un garde du corps.

En les voyant quitter l'enceinte, il se souvient qu'il n'a encore rien mangé de la soirée et propose à Thomas de partir chercher de quoi se restaurer. Le menu star du stade Bollaert - une fricadelle, des frites et une bière - conviendra très bien. En anticipant la pause, il évitera le rush incontournable de la mi-temps. Il lui reste tout juste à faire un petit détour par les toilettes, et il pourra se rendre à la baraque à frites.

*

Déjà une bonne demi-heure que Ludovic est cloîtré dans une cabine et il commence à trouver le temps long. Son bonnet lui tient chaud mais il préfère le conserver au cas où

13

il devrait s'enfuir précipitamment. Il s'occupe et trompe son ennui en consultant son smartphone. De toute manière, il n'a pas d'autres alternatives pour l'instant que de guetter celui qu'il espère, en prenant toutes les précautions pour ne pas être vu. Il a pris soin d'emmener avec lui une matraque dénichée sur Leboncoin et il ignore encore s'il aura le cran de s'en servir.

Il y a beaucoup d'incertitudes dans le plan qu'il a élaboré. Et puis les WC d'un stade de foot sont tout sauf un endroit discret. Presque quarante-mille personnes, ça augmente considérablement les risques d'être surpris ! Il ne peut pourtant plus faire machine arrière. La situation est devenue extrêmement compliquée pour lui. Il a beau retourner le problème dans tous les sens. Il n'est pas en mesure d'honorer depuis plusieurs mois les échéances du prêt qu'il a imprudemment contracté.

Mais avait-il vraiment le choix ? Surendetté comme il l'est, aucune banque n'aurait voulu lui avancer l'argent. Et il sait de quoi il parle : cela fait maintenant plusieurs années qu'il est chargé de clientèle à la Banque Postale de Lens. Il a d'ailleurs dû déployer des trésors d'imagination pour éviter que ses soucis pécuniaires ne remontent à l'oreille de ses supérieurs.

Par une plateforme de prêts entre particuliers, il a réussi à rassembler l'argent nécessaire pour solder plusieurs injonctions de payer adressées par des sociétés de crédit en ligne, mais à quel prix ! Moralité, il est de nouveau incapable de régler une mensualité, et pour ne rien arranger, le salopard qui lui a avancé les fonds n'accepte pas de lui accorder un délai supplémentaire. Après des retards de paiement répétés, il a même osé lui envoyer une photo de ses enfants prise devant leur école, pour montrer qu'il ne plaisantait pas.

Ludovic est dos au mur, il ne peut plus reculer. Il va devoir jouer serré. Il entend une voix proche qui semble donner un ordre, puis des pas se diriger vers lui. Quelqu'un essaie de tourner la poignée de la cabine où il se dissimule, constate qu'elle est verrouillée et s'installe juste à côté.

Ludovic a le cœur qui s'emballe pour la troisième fois de la soirée. Depuis qu'il attend, deux fausses alertes ont mis ses nerfs à rude épreuve. Et si ce coup-ci était le bon ? Il doit savoir. Sans faire de bruit, il monte sur la cuvette et risque un coup d'œil par-dessus la cloison. Bingo, même s'il n'a qu'une vision partielle de l'individu, il ne peut se tromper. Ce type-là est bien son persécuteur.

Il ne sait pas précisément comment il va procéder. Il n'a que peu de temps pour prendre une décision. Il a sous-estimé la distance pour atteindre le sommet de la tête, même si l'homme est debout en train d'uriner. Il va devoir se pencher pour l'assommer avec le risque que ce dernier ne s'aperçoive de sa présence.

Un élément inattendu va jouer en sa faveur. À l'instant où il s'apprête à asséner un coup sur le crâne dégarni de sa victime, une clameur s'élève des gradins. Lens vient de marquer un but. C'est le moment que choisit Ludovic pour frapper, en équilibre instable sur le haut de la cloison. La matraque fait son office et l'homme s'affale lourdement. Dans sa chute, sa tête heurte le rebord de la cuvette.

Le jeune adulte est dépassé. Qu'est-ce qui lui a pris ? Et maintenant, comment va-t-il procéder ? La faiblesse de son plan lui saute brutalement au visage. Il quitte précipitamment la cabine, sans se poser plus de questions, et tente de pénétrer dans celle où gît le notable qu'il a assommé. Verrouillée.

Ludovic ne peut s'empêcher de s'en prendre à lui-même :

- Mais quel con je fais, j'aurais dû m'en douter ! Et dire que je pensais pouvoir l'enlever, en le faisant passer pour un ivrogne que j'aurais raccompagné chez lui. C'était vraiment du grand n'importe quoi !

Mais il y a maintenant plus urgent pour lui. La mi-temps approche, il n'a plus le temps de tergiverser. Il doit fuir. Et vite !

*

Laurent a raté le but de Lens. Tant pis, il aura l'occasion de le voir plus tard devant sa télé. Il s'apprête à entrer dans les toilettes, quand il repère, à proximité de l'accès, la personne qu'il soupçonne être le garde du corps de l'individu qui a attiré son attention quelques minutes auparavant.

« Belle conscience professionnelle pour un garde du corps ! Il m'a l'air plus concerné par le match que par la protection de son patron en train de pisser », songe-t-il.

Dans les WC, il retrouve le pseudo supporter qui l'a bousculé avant le début de la partie. Mal à l'aise, ce dernier s'apprête à quitter l'endroit. Un étrange dialogue s'engage alors.

- Vous auriez pu vous excuser quand vous m'avez donné un coup de coude tout à l'heure, ne peut s'empêcher de faire remarquer Laurent, en lui barrant le passage pour l'obliger à l'écouter.

- Vous ne pouvez pas comprendre. Laissez-moi sortir, je dois partir !

- Vous me paraissez bien nerveux. Que vous arrive-t-il ? Vous avez pris quelque chose ? Vous avez l'air vraiment bizarre !

- Non, rien. Je vous en prie, laissez-moi passer !

Devant l'insistance de son interlocuteur, Laurent soupire et finit par s'écarter. Le malotru se précipite alors au dehors sans prendre la peine de s'excuser.

Quelques instants plus tard, Laurent emprunte en se hâtant le même chemin, désireux de parvenir à la friterie avant le début de la mi-temps. En sortant, il croise le regard inquiet du garde du corps, qui le dévisage lorsqu'il passe devant lui.

« Encore un qui va se faire engueuler par son patron ! », anticipe-t-il, ignorant encore que la personne concernée, au même moment, n'est plus vraiment en état d'émettre des critiques sur le travail de son employé.

2

Mi-temps du match.

Un va-et-vient permanent remplit l'espace des toilettes. Anthony est préoccupé. Depuis huit ans qu'il est au service de Christian Toury, c'est la première fois que ça lui arrive. Il ignore où est son patron !

Il y a eu ce moment d'inattention stupide lors du but. Une minute, tout au plus. Il est convaincu que c'est durant ce laps de temps qu'il l'a perdu. Mais où a-t-il bien pu passer ? Il ne s'est quand même pas évanoui dans la nature. Peut-être a-t-il eu envie de retrouver quelqu'un à son insu, mais dans ce cas, pourquoi se donner la peine de se payer un garde du corps ? En plus, il lui a bien donné instruction de l'attendre.

Non, ça doit être autre chose, et si c'est le cas, il y a vraiment de quoi être inquiet. Anthony sait que son patron n'est pas un saint, même s'il a une vision plutôt floue des activités de ce dernier. Il est évident que sa façon assez particulière de gérer ses affaires a dû lui valoir pas mal d'inimitiés, car c'est un euphémisme d'admettre que Christian Toury n'est pas un tendre dans la voie qu'il a choisie. C'est d'ailleurs pour le protéger des clients qui n'apprécient pas ses méthodes qu'il a été embauché, même si au départ, il assumait plutôt le rôle du chauffeur et d'homme à tout faire.

Il pressent soudain que quelque chose de terrible est arrivé. Il doit conserver son sang-froid et reprendre depuis le début, il l'a vu entrer dans les WC mais ignore s'il en est ressorti, c'est donc par là qu'il faut commencer !

Il connaît le personnage. Même pour uriner, il aurait privilégié une cabine. Il insiste sur la poignée de la première. Un « occupé ! » courroucé finit par lui parvenir. La suivante est également verrouillée, mais aucune voix à l'intérieur ne se fait entendre lorsqu'il tente d'ouvrir la porte. Après plusieurs tentatives infructueuses, il se décide à jeter un œil en dessous de la cloison, au risque de passer pour un pervers.

*

À quelques dizaines de mètres, dans l'enceinte du stade, Laurent savoure avec son ami une fricadelle. L'ambiance est à la fête. Lens mène un à zéro contre son rival de toujours. Le spectacle n'a pas toujours été à la hauteur, mais peu importe, seul compte le résultat.

Laurent ne regrette pas d'être venu. Bon, il a loupé le but, mais l'essentiel est ailleurs. Les chants des supporters et les drapeaux aux couleurs du club, déployés généreusement, contribuent à lui mettre du baume au cœur et à le sortir des soucis du quotidien. Il est en train de refaire le match avec

Thomas et ses voisins de tribune, quand il repense à un détail qu'il a occulté un peu plus tôt.

Quand il était en train de sermonner le supporter sans gêne, pourquoi n'a-t-il pas aperçu l'homme au cigare ? Visiblement, son garde du corps l'attendait devant l'entrée des toilettes, donc il aurait dû s'y trouver. Et puis maintenant qu'il y repense, l'attitude de l'individu avec lequel il a engagé la conversation était bizarre. Ce dernier lui a paru d'une nervosité inhabituelle.

Bah, il se fait un film. Le premier était peut-être tout simplement dans une cabine et le second sous l'effet d'une substance illicite. Sa femme se moquerait encore de lui, s'il lui exposait ce qu'il a en tête. Toujours à voir des mystères partout !

- Dis Laurent, tu m'écoutes ! Tu ne te rappelles plus le score du dernier Lens-Lille ? J'ai un doute, c'était deux à un ou deux zéro ?

- Euh ! Deux à un, lui répond Laurent qui émerge brutalement de sa rêverie.

Thomas semble satisfait de sa réponse et reprend sa discussion avec son voisin. Laurent se remet à piocher dans ses frites, oubliant temporairement ce qui le préoccupe.

La fin de la mi-temps est proche. Les supporters entonnent leur chanson fétiche « Les corons » et Laurent se replonge dans la ferveur populaire, loin d'imaginer l'agitation qui règne au même instant à un autre endroit du stade.

*

En apercevant son patron inanimé derrière la porte, Anthony a tout de suite eu le réflexe d'alerter un stadier qui a prévenu les secours. Une intense activité règne désormais autour de la cabine où a été retrouvé inconscient Christian Toury. Son état est jugé critique et les secouristes s'apprêtent à l'évacuer vers l'hôpital de Lens, tout près.

Pour faciliter le travail du SAMU, les toilettes ont été fermées au public et un périmètre de sécurité a été établi. Le capitaine Michel Delattre, récemment muté de Roubaix, s'apprête à entendre le témoignage de la personne qui a découvert la victime. Agression ou malaise, le policier peine à se faire une opinion, tant les explications du garde du corps sont confuses.

- Bon, reprenons depuis le début, vous vous appelez Anthony Vebler, vous êtes le garde du corps de monsieur Toury que vous avez retrouvé sans connaissance dans une cabine des toilettes. Vous faites également office de chauffeur. C'est bien ça ?

- Oui, c'est exact !

- Bon, c'est maintenant que j'ai le plus de mal à comprendre. Vous étiez devant l'entrée à attendre votre patron, conformément aux consignes qu'il vous avait laissées, et vous ne vous souvenez pas avoir vu quelqu'un pénétrer dans les lieux après lui. Vous m'avez également affirmé que l'endroit était désert à votre arrivée. Jusque-là, je ne me trompe pas ?

- Euh oui, c'est bien ça !

- Pourtant, vous avez reconnu qu'une personne en était sortie, avant que les toilettes ne soient prises d'assaut à la mi-temps. Le problème est que vous m'avez déclaré aussi ne pas avoir quitté l'accès des yeux, alors je répète ma question, comment avez-vous pu manquer son entrée ?

- Euh, j'ai pu avoir un instant d'inattention, finit par admettre Anthony, poussé dans ses retranchements.

- On y vient, donc vous avez pu ne pas le voir arriver ?

- Oui, c'est possible. Il se peut que j'aie été distrait par le but…

- Et votre instant d'inattention, comme vous dites, il a été long ?

- Ben, quelques secondes, mais pas plus d'une minute, je crois. Euh non, j'en suis sûr.

Le capitaine Delattre commence à avoir de sérieux doutes sur la fiabilité du témoignage de l'employé, qui manifestement peine à admettre qu'il a failli à sa mission de surveillance.

- Donc, il est possible aussi que d'autres individus soient entrés et sortis à votre insu ?

- Oui, je crois, mais il aurait fallu qu'ils fassent vite. Euh, si ça peut vous aider, je me rappelle très bien le visage de l'homme qui est passé devant moi. Je pourrais facilement le reconnaître.

- Bon, écoutez ! Je verrai plus tard si c'est nécessaire. Laissez-moi vos coordonnées ! Je vous demanderai éventuellement de passer au commissariat confirmer votre déposition si le besoin s'en fait sentir. De toute façon, à ce stade de l'enquête, rien ne laisse supposer une agression. Votre patron a très bien pu s'assommer dans sa chute, s'il a eu un malaise. Le match se termine dans vingt minutes, je me vois mal contrôler quarante-mille personnes simplement pour retrouver un témoin potentiel. Je vais attendre le rapport du médecin qui va l'examiner, pour savoir la suite à donner. Ah oui, une dernière question ! Pourquoi monsieur Toury avait-il recours à un garde du corps ? Disposer d'une protection n'est pas si courant.

- Monsieur Toury craignait pour sa sécurité. Je crois qu'il recevait régulièrement des menaces.

- Ah oui, et que fait dans la vie votre patron pour expliquer l'existence de gens qui lui veulent du mal ?

- C'est un homme d'affaires important mais je ne sais pas trop le détail de son travail, vous savez. Je crois bien qu'il est conseiller financier. Quelque chose comme ça. Sa société est à Lens. Vous devriez contacter sa secrétaire ou Sébastien, son fils, si vous voulez en savoir plus. Je vais vous donner un numéro de téléphone où vous pouvez les joindre.

Le capitaine Delattre prend note de l'information et décide de laisser partir l'employé. Incontestablement, ce type ment. Après l'avoir mené en bateau sur sa prétendue vigilance, il ne dit assurément pas tout sur les activités de son patron. Il est clair qu'il en sait plus qu'il ne veut l'avouer. Difficile d'imaginer que quelqu'un d'aussi proche de la victime, en sache aussi peu sur son quotidien.

En levant la tête, l'officier remarque le dôme de la caméra, à proximité de l'entrée des toilettes. Un examen des enregistrements sera plus fiable que le témoignage, sujet à caution, de ce monsieur Vebler.

Pourtant après réflexion, il y a quand même plusieurs éléments à retenir de leur échange.

La victime avait des ennemis. Les menaces qu'il aurait reçues tendent à l'accréditer. La piste de l'agression n'est donc pas à écarter, et puis le fait que la personne chargée de le protéger n'ait vu aucun supporter entrer ne signifie pas forcément qu'il a été inattentif. Peut-être quelqu'un était-il déjà sur place à attendre, auquel cas l'acte a pu être prémédité ?

Mais cela n'a aucun sens, on ne peut pas prévoir les allées et venues dans des WC, d'autant plus pendant un match de football auquel assiste autant de monde. Reste une autre question en suspens : comment un individu aurait pu en assommer un autre enfermé dans un espace clos ?

Des hurlements de joie lui rappellent alors l'endroit où il se trouve. À l'évidence, Lens vient de marquer un deuxième but. Des chants à la gloire du club sont entonnés et Michel Delattre peine à entendre le brigadier Ibrahim qui s'adresse à lui. Un tumulte bon enfant, amplifié par la certitude que Lens tient sa victoire sur le rival de toujours, rend toute conversation inaudible, et à cet instant, le policier comprend que si agression il y a eu, il y a de fortes chances pour qu'il parvienne à en déterminer l'heure exacte : l'instant d'inattention du chargé de la protection du financier s'est probablement produit à l'heure du premier but marqué !

*

Anthony a dû avouer à l'officier de police qu'il avait failli à sa mission et cet aveu lui a coûté. Quoi qu'il en soit, il est hors de question que l'entourage de Christian Toury apprenne sa bévue, autrement il pourra dire adieu à son travail.

Il est maintenant temps de prévenir Sébastien, le fils, et aussi accessoirement le bras droit de son patron, mais avant cela, il doit être en mesure d'apporter des éléments concrets qui permettent d'identifier rapidement son agresseur. C'est à cette seule condition qu'il pourra redorer son blason.

Car le garde du corps ne doute pas une seule seconde que l'homme qu'il était chargé de protéger ait été lâchement agressé. Et il a une certitude. Il a vu le visage de celui qui en est responsable !

3

Il est près de vingt-deux heures ce samedi. L'arbitre siffle la fin de la partie. Les spectateurs commencent à quitter le stade. Le service d'ordre a été renforcé pour éviter des incidents entre les supporters des deux camps. Lens a gagné deux à zéro. Le score est donc susceptible de générer quelques tensions avec des Lillois déçus par la prestation de leur équipe. L'antagonisme entre les partisans de Lens et Lille n'étant pas un mythe, les policiers sont sur le qui-vive. Il y a fort à parier que certains Lensois ne se priveront pas pour couvrir de noms d'oiseaux leurs adversaires d'un soir. Et, à n'en pas douter, il y aura toujours des imbéciles imbibés de houblon, à la défaite amère, qui ne manqueront pas pour répondre à la provocation.

Laurent et Thomas se dirigent vers la sortie. Ce soir, c'est Laurent qui a pris son véhicule. Il a garé sa voiture dans une ruelle proche qui a l'avantage de lui permettre d'éviter les incontournables embouteillages de fin de match. Ils se fraient difficilement un chemin parmi la foule. Les deux amis ne sont pas d'accord sur les suites à donner à la soirée. Thomas insiste.

- On ne va quand même pas rentrer maintenant ! Tu pourrais faire un effort pour une fois que tu viens avec moi à un match. Je te rappelle qu'il y a une victoire à fêter !

- Pas ce soir ! À une autre occasion. J'ai promis à Hélène de rentrer juste après. Elle a un air de grippe et ça m'embêtait déjà un peu de sortir en la laissant toute seule dans cet état.

- Mais affirme-toi pour une fois, si ça se trouve, elle est déjà au lit à roupiller. Montre que tu es un mec et arrête de la laisser décider de tout dans ta vie !

- D'abord, elle ne décide pas de tout dans ma vie, et de toute façon, moi aussi je suis patraque, finit par mentir Laurent à court d'arguments. Pour ne rien te cacher, je n'ai qu'une envie, celle de me mettre au lit.

- Vous formez vraiment un couple pépère tous les deux. Mais enfin, après trois divorces, je ne suis pas le mieux placé pour te donner des conseils sur la manière de gérer ton couple ! Bon, ben si c'est comme ça, je vais aller chez « Murielle » boire un demi. Ce n'est pas très loin. Je trouverai bien un groupe de supporters auquel me joindre. Et puis ne t'en fais pas ! Pour rentrer, il serait étonnant qu'une belle blonde n'accepte pas de raccompagner chez lui un pauvre type que son copain a lâchement abandonné. Si tu changes d'avis, tu sais où me chercher. Au moins durant les deux prochaines heures. Je t'envie finalement. Moi, personne ne m'attend. Je te laisse méditer sur cet aveu qui me coûte. À plus !

Et sur ces mots, les deux amis se serrent la main. Laurent, pressé de regagner sa voiture pour rentrer chez lui, allonge le pas sans s'apercevoir que quelqu'un le suit déjà depuis quelques minutes.

Laurent est perdu dans ses pensées, se disant qu'il aurait dû prolonger la soirée avec Thomas. Et puis les paroles de son ami lui restent en travers de la gorge. Oui, c'est sa femme qui porte la culotte ; il en a parfaitement conscience. Et alors ! S'il trouve son équilibre ainsi, c'est son droit de l'accepter. Il ne voit que des divorces autour de lui et des gens qui s'entredéchirent pour des broutilles, alors finalement, quelques concessions de temps en temps sont un moindre mal.

À mesure qu'il remonte un des axes centraux de Lens, la rue de Béthune, il se félicite d'avoir préféré marcher. Un flux continu de véhicules encombre la chaussée. Des coups de klaxon et des cris joyeux lui rappellent la victoire de son club. Amusé, il constate qu'il progresse quasiment à la même vitesse que les personnes qui ont préféré le confort des parkings proches du stade.

Durant la semaine, il a pris régulièrement l'habitude de parcourir la Galerie du temps pendant sa pause déjeuner, au Louvre-Lens tout proche de là, et l'affluence à laquelle il est confronté à cette occasion n'est en rien comparable. Déambuler dans une ambiance feutrée entre les statues et les peintures lui procure des instants de plénitude. Un autre genre de plaisir. Et pas sûr, au vu du match auquel il a assisté ce soir, que la balance penche en faveur du football. Bah, il aura au moins eu l'opportunité de passer la soirée avec Thomas, ce qui ne lui était pas arrivé depuis longtemps !

Plus que deux-cents mètres et il parviendra à son monospace. Il n'aura alors que dix minutes de route pour rejoindre son domicile. Un logement individuel qu'il a acheté avec Hélène à Loos-en-Gohelle, une commune à la périphérie de Lens qu'il continue à apprécier. Notamment, de par les balades le dimanche avec son épouse sur les terrils jumeaux. Une des fiertés de la ville.

Il y a près de vingt ans qu'il a commencé à y résider. Pourtant dans son esprit, c'était hier et il ne peut que constater que depuis sa vie n'a pas tellement changé.

Toujours le même métier de chef de rayon dans un supermarché de Loos. La seule évolution notable dans son existence étriquée est qu'il sort moins et que ses amis se sont raréfiés. Et surtout, ses deux enfants volent maintenant de leurs propres ailes, et en partant, ils ont laissé un vide dans l'habitation, que seule la présence trop rare des petits-enfants est venue combler.

Il emprunte l'avenue de la fosse 12, une rue bordée de corons qui témoignent du passé minier de la ville. Avenue est un bien grand mot, pour une voie en pente où il a pris l'habitude d'abandonner sa voiture quand il va voir l'équipe de Lens jouer. Une sortie qui, il doit bien l'admettre, se produit de moins en moins souvent. La rue est maintenant quasi déserte. Il longe les petites maisons en briques adossées à un jardinet et retrouve soulagé son véhicule intact.

Il appréhendait un vol à la roulotte qui aurait gâché sa sortie avec son ami, mais il n'en est rien. Il ouvre la portière et s'assoit au volant. Il met alors le contact et démarre, l'esprit ailleurs, sans remarquer l'individu tapi dans l'ombre qui le suit depuis qu'il a quitté le stade.

*

Quand le véhicule s'ébranle, Anthony note consciencieusement le numéro de la plaque d'immatriculation. Il a maintenant tout ce qu'il faut pour mettre un nom sur le visage du type et localiser l'adresse. Il connaît un employé à la sous-préfecture de Lens qui lui doit un service. Il ne pourra pas refuser de l'aider. Donner un coup de main pour résoudre un problème de voisinage particulièrement délicat, ce n'est pas rien.

Un peu de chance lui a permis de retrouver l'individu qui a agressé son patron. Autant qu'il en profite !

Car il a fini par se persuader qu'il ne pouvait en être autrement. Son intuition lui indique que ce mec n'est pas net. Et jusqu'à présent, elle ne l'a jamais trompé.

Quand il y pense, il a failli ne pas le voir sortir de l'enceinte sportive. Il a manqué de le heurter au détour d'une allée. Ce dernier était en train de discuter avec une autre personne. Cela n'a pas duré très longtemps. Les deux supporters se sont assez vite séparés. À partir de là, il n'a plus eu qu'à le suivre jusqu'à sa voiture. Il a pris soin de ne pas se faire repérer. Mais cela n'a pas été difficile, tant l'homme semblait perdu dans ses pensées.

Un peu plus tard, Anthony téléphone au fils de Christian Toury, et lui relate les évènements. Il évoque la piste de l'individu, aperçu à la sortie des toilettes, et précise que le policier ne l'a pas pris au sérieux. Pour éviter d'avouer qu'il a failli à sa mission, il transforme l'infortuné Laurent en suspect, en insistant sur le fait qu'il ne peut s'agir que d'une agression. Il lui parle de la filature qu'il a pris l'initiative d'entreprendre, avec un certain succès, puisqu'il possède désormais un élément pour identifier le salopard qui a levé la main sur son père.

En mettant fin à la communication, Anthony est satisfait, Sébastien n'a pas mis en doute sa version des faits, abasourdi qu'il était d'apprendre l'incident survenu à son paternel. Le garde du corps devra maintenant patienter jusqu'à lundi pour joindre son contact à la sous-préfecture. Il ne sait pas encore ce qu'il fera de l'information qu'il obtiendra, mais une seule chose est déjà claire dans sa tête : l'acte gratuit de ce type ne restera pas impuni.

*

Le capitaine Delattre est circonspect. Assis dans la pièce où s'alignent les écrans de contrôle, il est occupé à visionner les images de la caméra susceptibles de l'aider à comprendre ce qui a pu se passer. Même si la théorie du malaise n'est toujours pas à écarter, il se demande si quelqu'un n'aurait pas pu frapper la victime sur la tête, en appui sur le rebord d'une cabine voisine.

Après examen des lieux, il s'est rendu compte un peu plus tôt que ce n'était pas à exclure. Un objet suffisamment long, pour pouvoir asséner un coup capable d'étourdir une personne, aurait très bien pu offrir cette possibilité. L'hypothèse est à creuser. Car si c'est le cas, il se pourrait qu'une empreinte ait été laissée sur la partie haute de la cloison. Un point qu'il lui faudra vérifier.

En regardant les images défiler devant lui, le policier retrouve assez facilement l'individu mentionné par Anthony Vebler. On le voit passer à proximité de l'homme de main de Christian Toury, alors que celui-ci s'éloigne au même instant de son poste en tournant les yeux vers le terrain, ce qui corrobore la version du garde du corps qui déclare n'avoir vu personne entrer dans les toilettes après son patron.

Le supporter incriminé ralentit alors, tourne la tête vers la zone de jeu, lève les bras, apparemment pour célébrer un but, semble hésiter et finalement pénètre dans les WC. Il en ressort trois minutes plus tard, et c'est à ce moment-là qu'Anthony Vebler, de retour après une absence qui a duré un peu plus d'une minute, croise son regard. A priori, rien qui puisse laisser supposer une possible responsabilité dans une agression, mais il sera bon d'essayer de l'identifier.

Pouvoir l'interroger si nécessaire pourrait être utile, d'autant plus s'il a remarqué quelque chose susceptible de faire progresser l'enquête. Mais le représentant des forces de l'ordre repère également une autre personne qui attire son regard. Elle quitte les toilettes durant le laps de temps où l'employé peu consciencieux déserte son poste. La tête baissée et le visage en partie dissimulé par un bonnet, il ne paraît pas avoir la conscience tranquille et marche anormalement vite.

Il vérifiera, mais il ne serait pas étonné comme il le pressent, que la disparition impromptue de l'homme chargé de protéger le financier soit liée au premier but de Lens. Difficile pour un supporter de ne pas partager la liesse qui entoure la réussite de son équipe. Même un représentant de l'ordre peut le concevoir. Ce qui est plus étonnant, c'est qu'à aucun moment il ne voit le type qui a échappé à la vigilance du garde du corps, pénétrer dans les lieux durant les minutes qui précèdent.

Pour retrouver sa trace, l'officier est obligé de revenir à l'enregistrement de la période antérieure au tout début du match. Plus d'une demi-heure pour satisfaire une envie pressante, voilà qui n'est pas courant et mérite un minimum d'investigation. Un suspect potentiel, dans une possible affaire d'agression, paraît à cet instant envisageable.

Michel Delattre zoome et arrête l'image, de façon à mieux distinguer les traits de celui qui focalise son attention.

L'image n'est pas très nette. Il se tourne alors vers le responsable de la sécurité demeuré en retrait derrière lui.

- On ne peut pas améliorer la résolution ? Je voudrais essayer d'identifier cet individu !

- Vous avez de la chance, nous possédons depuis peu un système haute définition que nous avons acquis pour lutter contre l'hooliganisme, même si Lens est peu concerné par le problème. Regardez ! Vous appuyez sur cette touche, et ensuite, vous n'avez plus qu'à jouer avec la souris. Vous voyez, maintenant les traits sont parfaitement visibles.

Le capitaine Delattre s'approche de l'écran. Et merde ! Ce visage, il le connaît. Bien, même. Et il aurait préféré ne pas l'avoir devant les yeux. Dans quelle pagaille ce crétin est-il encore allé se fourrer ?

À ce moment, Michel sait déjà qu'il ne pourra pas éviter une mise au point avec sa sœur, et accessoirement avec son idiot de mari qu'il peut difficilement ne pas reconnaître sur l'image qui s'affiche devant lui.

4

Dans sa jeune carrière, le capitaine en a déjà vu. Mais s'il s'attendait à ça ! Ludovic, son propre beau-frère, impliqué dans une affaire d'agression ! Il n'a pas attendu le rapport du médecin qui a pris en charge le notable pour en être convaincu et la probabilité d'un malaise lui paraît désormais infime.

À la limite, il aurait pu croire qu'un supporter, confronté à des problèmes de transit, puisse quasiment passer une mi-temps à se soulager dans l'isolement d'une cabine de WC, mais pas son beau-frère. Michel Delattre en a l'intuition. Sa sœur Émilie a, par le passé, évoqué plusieurs fois des problèmes d'argent récurrents. Il connaît l'attirance récente de Ludovic pour les jeux de hasard. Ce dernier y a déjà fait allusion devant lui. De là à imaginer celui-ci en joueur compulsif qui aurait dépensé plus que de raison, ne le surprendrait pas. Et dans ce cas, l'argent aurait-il pu constituer un mobile ? Pas au point que le mari d'Émilie agresse quelqu'un, quand même ? Et pour quelle raison d'ailleurs ? Le vol ? Il n'y croit pas. Non, c'est autre chose.

Le policier réfléchit. Il repense à la conversation qu'il a eue avec Anthony Vebler.

Christian Toury est conseiller financier et le garde du corps a évoqué l'existence de lettres de menace adressées à son patron. Un risque jugé suffisamment sérieux pour nécessiter une protection.

La nature des avertissements est à creuser, mais avant tout il doit apprendre la nature des activités qui se cachent réellement derrière ce titre passe-partout qui lui vaut des ennemis. Placements plus ou moins à risques. Prêts à des taux prohibitifs, à destination de particuliers vulnérables aux abois. Pour l'instant, aucune possibilité n'est à écarter. Mais pour régler des problèmes d'argent, il ne serait pas surpris par un emprunt contracté de manière hasardeuse par son beau-frère. De toute façon, le moyen le plus simple pour le savoir est de faire un saut chez lui dès ce soir.

Perdu dans ses pensées, le capitaine Delattre n'a pas vu le brigadier Mustapha Ibrahim qui l'a rejoint et essaie d'attirer son attention.

- Euh, Michel ! Je dois te parler.

- Quoi ? Qu'y a-t-il ? lui répond, un peu agacé, le capitaine qui peine à détacher ses yeux de l'image sur l'écran qu'il scrute déjà depuis un moment.

- Je ne voulais pas te déranger mais un urgentiste m'a contacté. Il a examiné Christian Toury à son arrivée. Ce dernier n'a pas repris connaissance et des examens doivent encore être pratiqués pour pouvoir se prononcer, mais à ce stade, un malaise vagal, qui aurait pu provoquer la chute et les traces constatées sur le haut du crâne, n'est pas à exclure. Un choc sur le rebord en faïence de la cuvette pourrait les expliquer. L'urgentiste m'a promis qu'il me tiendrait au courant de l'évolution de l'état de santé du patient.

- Merci Mustapha ! Je pense que nous avons pour ce soir tout ce qu'il nous faut. Il est inutile de demeurer plus longtemps sur place. Je dois vérifier quelque chose avant de rejoindre le commissariat. Je te laisse y retourner sans moi avec tes collègues. Je serai de retour dans une bonne heure. Ne m'attendez pas pour rentrer chez vous. Je travaille demain ; j'en profiterai pour rédiger le rapport. Bon week-end !

Non sans avoir au préalable récupéré une copie de l'enregistrement, Michel Delattre laisse sur place le brigadier Ibrahim, un peu surpris par le départ précipité de son supérieur.

L'officier s'éloigne rapidement, conscient que son comportement a quelque chose d'inhabituel, mais ses préoccupations sont autres. Il a pris soin de faire disparaître le visage de Ludovic de l'écran de surveillance et veut d'abord avoir une discussion franche avec ce dernier, avant de songer éventuellement à une convocation officielle.

Tant pis pour les empreintes possibles laissées sur le rebord de la cabine. Inutile de monopoliser la police scientifique alors qu'un malaise continue à être évoqué par le corps médical. Une explication qui, il doit bien l'admettre, serait pour lui un soulagement, au vu des soupçons qui semblent peser sur son beau-frère. En repensant à l'homme sorti peu de temps après lui des toilettes, le policier se fait également la réflexion que ce dernier a peut-être vu ou entendu quelque chose qui le fera réagir si l'incident est évoqué sur les réseaux sociaux ou dans la presse. Une raison supplémentaire pour que Ludovic soit potentiellement inquiété.

Pour la première fois de sa carrière, Michel est confronté à un véritable cas de conscience et il a déjà le sentiment qu'il va devoir opérer un choix entre famille et déontologie.

*

Comme s'il percevait les inquiétudes du policier, Laurent est au même instant affalé sur son canapé, se remémorant la discussion dans les toilettes avec le malotru. Il a le souvenir d'un individu sur les nerfs, obsédé par l'idée de quitter les lieux au plus vite. Un type pas très net, qui visiblement a quelque chose à cacher !

Quand il est rentré du match, sa femme dormait déjà. Il n'en a pas été étonné. Avec l'état grippal qu'elle traînait depuis deux jours, il ne s'attendait pas à ce qu'elle l'attende au lit en nuisette. Il zappe distraitement les programmes à la télé sans vraiment prêter attention aux images qui défilent devant ses yeux. Sa vie est devenue un non-sens. Depuis que ses enfants sont partis, il s'ennuie et en est quitte à échafauder des théories complotistes pour meubler ses soirées.

À force de passer de chaîne en chaîne, il finit par dénicher un nanar sur Syfy qui, à défaut de lui muscler les neurones, lui fait temporairement oublier l'inconnu du stade. Il se surprend à rire de bon cœur devant le jeu pathétique des acteurs, tous plus nuls les uns que les autres, qui crient de façon hystérique devant des êtres mutants. Après l'incontournable scène de la naïade dévêtue qui se fait dévorer, bruits de mastication à l'appui, par un personnage aux yeux globuleux, il sombre dans un profond sommeil. Il n'en faut pas plus pour qu'il relègue l'incident dans un recoin de son esprit. En se retournant, il oublie temporairement l'endroit où il dort et tombe sur le plancher. À moitié réveillé, Laurent parvient, après un passage express par la salle de bain, à se traîner jusqu'au lit conjugal pour se rendormir immédiatement.

*

Au même instant, Ludovic est confronté aux questions de plus en plus pointues de son beau-frère dont l'irritation va crescendo.

- Mais enfin, tu ne vas pas me faire croire que tu es resté tout ce temps sans bouger dans les toilettes ! Tu te prends une des places les plus chères. Tu passes la première partie du match assis sur une cuvette et tu quittes le stade, avant même que ne débute la mi-temps, pour rentrer chez toi. Désolé de te le dire mais je n'y crois pas une seule seconde. Tu te fous de moi !

Mis en difficulté par l'interrogatoire incisif de Michel, Ludovic n'en mène pas large. Il le revoit encore débarquer chez lui quelques minutes plus tôt. L'heure tardive et l'énervement du policier ont très vite achevé de convaincre le jeune homme qu'il devrait recourir à des trésors d'imagination pour masquer le véritable emploi du temps de sa piteuse soirée footballistique. L'image de son visage, tirée de la caméra de surveillance, que son beau-frère a brandie sous son nez, l'a ensuite découragé de nier sa présence dans les WC.

À ses côtés, sa femme Émilie, surprise par la visite tardive de Michel, le regarde attentivement, cherchant dans ses yeux des réponses qu'elle ne trouve pas.

- Et puis, j'aimerais croire à ta gastro-entérite mais sincèrement quand je te vois, je n'ai pas l'impression que tu sois si mal en point. Et bien sûr, quelqu'un a un malaise à côté de toi et tu n'entends rien.

- C'est quoi cette histoire de gastro ? finit par réagir Émilie qui n'a pas assisté au début de l'entretien. Tu m'as dit que le match était tellement nul que tu as préféré rentrer. Et d'ailleurs, je n'ai même pas compris pourquoi tu y étais allé ! Toi qui dis toujours détester le foot. Et puis cet accoutrement ridicule de supporter que tu as acheté pour l'occasion, c'était vraiment indispensable ?

Empêtré dans ses mensonges, Ludovic ne voit alors pas d'autres issues que de lâcher quelques bribes de vérité.

- Euh, je n'étais pas malade, j'avais besoin de réfléchir au calme et j'ai bien entendu un bruit derrière la cloison de la cabine où j'étais, mais je n'ai pas pensé à un malaise.

- Et tu vas à un match auquel assistent quarante-mille personnes pour réfléchir au calme ? Tu te moques vraiment de moi. Est-ce que le nom de Christian Toury te dit quelque chose ?

Ludovic blêmit à l'évocation du nom, incapable de masquer son trouble. Un changement d'attitude qui n'échappe pas au policier, et encore moins à Émilie.

- J'en ai peut-être déjà entendu parler par quelqu'un !

Mais à cet instant, celui-ci sait désormais qu'il ne peut plus reculer. Dévoiler la vérité à Michel, et plus encore à sa femme, va provoquer un séisme dans sa vie mais il n'a pas le choix. Des mois de mensonges et de dissimulations vont devoir être mis à nu.

*

Sébastien a du mal à admettre ce qui est arrivé à son père. Il rejoint l'avis d'Anthony : un malaise semble peu probable. Robuste comme l'est son paternel, il ne le voit pas s'effondrer sans raison. Plusieurs fois, il lui avait demandé d'être plus prudent. Il savait combien leur activité était susceptible de générer des inimitiés. Il pressentait que la présence d'un garde du corps ne serait pas suffisante, d'autant qu'il a toujours considéré ce dernier plus efficace dans son travail de chauffeur et d'exécutant que dans sa mission de protection.

Il s'est précipité aux urgences de l'hôpital et n'a pas encore pu voir son paternel. Tout au plus, a-t-il appris par le médecin qui l'a pris en charge que son état était jugé sérieux. Il a retenu un possible traumatisme crânien qui aurait pu être causé par la chute. Le scanner réalisé à son arrivée a été plutôt rassurant et n'a décelé aucun saignement, ce qui a permis d'écarter de façon quasi certaine le risque d'hémorragies intracrâniennes. La perte de connaissance prolongée a cependant été estimée suffisamment préoccupante pour justifier un transfert en unité de soins intensifs.

Apprendre par le professionnel de santé que la piste du malaise vagal, pour expliquer la chute, était privilégiée l'a mis de fort mauvaise humeur. Il a du mal à se faire à l'idée que le responsable de l'état de son paternel puisse s'en tirer sans être inquiété. Il est déjà persuadé qu'il n'aura rien à attendre de la police qui se rangera à l'avis du corps médical pour classer l'affaire.

La piste suivie par Anthony lui paraît suffisamment sérieuse pour ne pas être écartée. Jusqu'à présent, le garde du corps ne l'a jamais déçu. Aussi est-il décidé à lui laisser les coudées franches pour poursuivre son enquête et à lui fournir une assistance s'il en éprouve le besoin.

Celui qui a osé faire ça va rapidement réaliser que l'on n'agresse pas sans risque un membre de la famille Toury !

5

Le salon de la maison acquise à Lens deux ans plus tôt avec Émilie lui paraît soudain étriqué. Ludovic se sent oppressé et peine à retrouver son souffle. Il voit dans un brouillard le visage de sa femme tourné vers lui. Il la sent nerveuse et suspendue à ses lèvres, redoutant ce qu'elle va apprendre. Et dire qu'il ne lui a fallu qu'un an pour en arriver là. Décidé à tout avouer, il prend alors la parole d'une voix plaintive.

- Émilie, pardonne-moi. Cela fait plusieurs mois que je te mens. J'ai tout foiré.

- Oh, je n'aime pas la direction que prend cette conversation. Dis-le tout de suite sans détour ! Tu as une maîtresse ?

- Non, ce n'est pas ça. Tu peux me croire ! Disons que je me suis endetté… de façon inconsidérée.

La révélation de Ludovic ne surprend pas Michel. La personnalité de la victime laissait supposer une embrouille liée à l'argent. Il regarde son beau-frère au visage complétement décomposé. Manifestement, son aveu lui coûte. Le policier préfère garder le silence, désireux de ne pas interrompre la confession.

Il jette un regard sur sa sœur qui n'en mène pas large. Visiblement, elle attend avec anxiété la suite.

- Il y a un peu moins d'un an, j'ai commencé à jouer à des jeux de hasard. D'abord quelques euros, et puis rapidement des plus grosses sommes.

- Ce n'est pas possible. J'ai regardé régulièrement les comptes et je n'ai rien détecté d'anormal. Je savais que tu t'étais mis à jouer mais pas au point de miser des montants importants. Je m'en serais rendu compte ! Je trouvais même que notre situation financière commençait enfin à s'améliorer.

Incrédule, Émilie peine à admettre ce qu'elle entend. Elle a la confirmation de la dépendance aux jeux de son mari. Elle la pressentait mais ne pensait pas que la situation était aussi grave. Elle aurait pourtant dû s'en douter en le voyant remplir frénétiquement ses grilles de loto.

- Euh, je me doutais que tu ne serais pas d'accord, alors rapidement, j'ai ouvert un autre compte. La première fois, en misant deux euros au loto, j'ai gagné un peu plus de cent euros. Alors j'ai cru que la chance était enfin de mon côté et j'ai continué à jouer. Jeux de grattage, EuroMillions, courses, poker en ligne. Tout y est passé. Je dépensais de plus en plus. Mais les sommes gagnées étaient dérisoires, et très vite, j'ai dû recourir à un prêt à la consommation. J'espérais toujours parvenir à me refaire.

- Pourquoi ne m'as-tu rien dit ? On est un couple, tu aurais pu m'en parler. Je t'aurais aidé ! Tu n'ignores pas non plus qu'il y a des spécialistes pour ce type d'addiction. Tu aurais pu en consulter un. Mais comme d'habitude, tu n'as pensé qu'à toi ! Je suppose que tu ne t'es pas limité à un seul emprunt ? Et le fait que tu travailles dans une banque, cela ne t'a pas alerté ? Tu en vois tous les jours pourtant des personnes surendettées, à ce qu'il me semble ?

- Émilie, comprends-moi ! J'étais pris à la gorge. Je n'arrivais pas à rembourser et mes gains étaient trop faibles pour éponger mes pertes et puis je ne pouvais pas chercher une solution auprès de la société qui m'emploie. Je ne tenais pas à ce que mes collègues finissent par l'apprendre. Si cela avait été le cas, j'aurais vraiment touché le fond. Et puis, un gestionnaire de portefeuilles incapable de gérer son propre argent, ça fait un peu tache…

- Et que vient faire Christian Toury dans tout ça ? Michel intervient alors, désireux de ne pas assister à la dispute qui est sur le point de dégénérer entre les deux époux.

- Les sociétés de crédit menaçaient de transmettre les dossiers aux huissiers et je ne voulais pas qu'Émilie le sache. J'avais réellement trop honte.

- Oui, et bien maintenant je le sais et tu n'es vraiment qu'un enfoiré. Combien ?

- Combien quoi ?

- Ne fais pas celui qui ne saisit pas. À combien se montent tes dettes ?

- Euh, au total à un peu plus de soixante-mille euros, et pour le moment, mes retards de paiement s'élèvent à quatre-mille euros.

- Putain, je rêve ! Et tu pensais me le dire quand ?

- J'espérais toujours toucher le pactole qui aurait mis fin à mes problèmes. Je ne pouvais pas me tourner vers une commission de surendettement sans que tu l'apprennes. Crois-moi, je regrette sincèrement. J'aurais dû t'en parler !

- Et le rôle de Christian Toury ? s'impatiente Michel, de plus en plus mal à l'aise face à la tournure que prend la discussion.

- J'avais épuisé les circuits classiques pour me procurer de l'argent, alors j'ai eu recours à un circuit parallèle. Une connaissance m'avait parlé de monsieur Toury, aussi je l'ai contacté. Il a accepté de me prêter la somme à un taux un peu supérieur à celui des sociétés de crédit. Il était très professionnel et plutôt cordial. Je n'avais plus le choix. J'ai fini par accepter sa proposition.

- Je préfère ne pas savoir à quel taux !

Émilie s'impatiente, et d'un seul coup, réalise les raisons de la présence de son frère et son insistance à se référer à ce monsieur Toury, dont elle ignorait encore tout quelques minutes auparavant.

- Michel, ne me dis pas qu'il a été assassiné et qu'on soupçonne Ludo ?

- Non rassure-toi, il n'est pas mort. Seulement, il a vraisemblablement été agressé et il est maintenant dans le coma. On l'a retrouvé inanimé dans les toilettes du stade et j'essaie de découvrir comment c'est arrivé. Je voudrais surtout m'expliquer les raisons de la présence de ton mari, comme par hasard au même endroit, et curieusement durant le laps de temps où on soupçonne Christian Toury de s'être fait agresser !

- Euh, il se peut que j'aie quelque chose à voir avec tout ça.

- Non mais je rêve ! Non seulement tu dilapides l'argent du ménage, mais en plus, tu agresses des gens. Et si tu l'avais tué ! D'autre part, je ne vois pas en quoi le fait de l'assommer aurait réglé ton problème de dettes.

Ludovic reste quelques secondes sans rien dire. Comment expliquer en quelques mots un plan aussi minable ? Un plan qui n'avait pas une chance sur mille de réussir. Il s'en rend désormais compte.

- Ben, en fait, j'avais en tête de le séquestrer pour le forcer à accepter un délai supplémentaire et à revenir sur les conditions du prêt... Pour ma défense, je devais réagir vite. Ce fumier commençait à devenir pressant ! Il m'avait fixé un ultimatum et menaçait de s'en prendre aux enfants si je ne réglais pas mes échéances en retard. Il m'avait même envoyé une photo d'eux devant l'école pour montrer qu'il ne plaisantait pas.

Michel est effaré devant l'inconséquence de son beau-frère et par la pauvreté du scénario mis en place par ce dernier pour affronter ses problèmes.

Pourtant, les méthodes de Christian Toury sont pour lui une découverte. Il le voyait plutôt comme une personnalité locale respectée, faisant régulièrement les honneurs de la presse. Aussi, même s'il ne le connaît pas directement, il s'étonne de ne pas avoir entendu parler de ses agissements par ses collègues. En général, ce type de crapule ne passe pas inaperçu. Faut-il que les gens qui ont eu affaire à lui le craignent, pour qu'aucun n'ait jamais osé porter plainte ! Michel commence à comprendre la réaction de son beau-frère, et même s'il ne valide pas la démarche de Ludovic, il se l'explique.

Émilie, de son côté, a retenu les menaces dont ses enfants ont fait l'objet. Effondrée, elle réalise les risques pris par son mari et la situation dans laquelle il a plongé sa famille. Elle sait déjà intuitivement que la confiance qu'elle plaçait en Ludo sera difficile à rétablir. Elle reprend vite le dessus, et telle une louve protégeant ses petits, ne peut s'empêcher de gifler son conjoint. Surprise par son geste, elle éclate alors en sanglots.

- Salaud ! Tu n'es qu'un salaud ! Tu te rends compte de ce que tu as fait ? Tu n'es qu'un égoïste. Et maintenant, que va-t-on devenir ? Tu as pensé à Jules et Coline ? Que vais-je bien pouvoir trouver à leur dire si on te met en taule ?

Michel décide alors de reprendre le contrôle de la situation. Des zones d'ombre demeurent qu'il doit encore éclaircir.

- Je dois t'avouer que tu t'es mis dans un sacré merdier. En plus, tu as prémédité ton geste, ce qui aggrave ton cas. Il est à espérer que Christian Toury ne conservera pas des séquelles de ton acte inconsidéré. Je n'arrive toujours pas à concevoir ton plan. Tu croyais réellement pouvoir le traîner inconscient jusqu'à ta voiture sans te faire remarquer, qui plus est, dans un stade plein comme un œuf ? Tu vis vraiment sur une autre planète ! Sans vouloir te vexer, tu n'es pas un athlète. Je doute que tu aurais eu la capacité physique de le déplacer sur une si longue distance ! Au fait j'y pense ! J'espère que tu ne songeais pas à utiliser le prétexte éculé de l'ivrogne qu'on raccompagne chez lui ! Avec le renforcement des effectifs de police, pour le match classé à haut risque, tu n'aurais pas fait dix mètres. Je passe même sur le fait que tu ignorais qu'il disposait d'un garde du corps. Et après, tu en aurais fait quoi de ce type ?

- Ben, j'avais prévu de l'emmener dans la maison de ma mère. Depuis sa mort il y un an, elle est inoccupée. Papa ne voulait plus y habiter et ne désirait pas la conserver. Mais comme ma sœur Sandra s'est opposée à la vente, tout est demeuré en l'état. J'avais prévu de le relâcher après avoir obtenu satisfaction. Je me rends compte à quel point c'était stupide. J'étais désespéré. J'ai fait n'importe quoi. Quand je l'ai vu s'effondrer, j'ai craint qu'il ne soit mort. J'ai pensé le secourir, mais pour ajouter à ma bêtise, je n'avais même pas anticipé qu'il aurait fermé la porte de la cabine et que je serais dans l'incapacité de l'approcher.

Michel est atterré. Certes les menaces dont la famille de son beau-frère a fait l'objet pourraient constituer des circonstances atténuantes, mais il soupçonne le financier véreux d'avoir pris ses précautions pour qu'on ne puisse pas remonter jusqu'à lui. Il n'a pas besoin d'un dessin et réalise pourquoi Ludovic n'a pas porté plainte. Celui-ci craignait que son beau-frère ne finisse par l'apprendre et ne puisse s'empêcher d'en parler à sa sœur.

Le policier en sait maintenant suffisamment. Trop même. Il a l'impression d'être aspiré dans un piège inextricable dont il ne peut se dépêtrer. Il a une seule certitude à cet instant : il ne doit rien décider à chaud. Remonter l'information en l'état à sa hiérarchie serait à coup sûr condamner celui qu'il s'efforce de protéger. Tant que la piste de l'agression physique n'est pas privilégiée, il peut encore espérer gagner du temps. Au regard suppliant que lui lance sa sœur, il a néanmoins conscience que, quelle que soit la décision qu'il sera amené à prendre, elle impactera de façon irréversible la vie de plusieurs personnes, à commencer la sienne.

*

Anthony a appris, par un appel téléphonique de Sébastien, qu'un simple malaise ne pouvait être exclu par les médecins. Le garde du corps enrage et les deux hommes sont d'accord sur le fait qu'il ne peut s'agir que d'un acte volontaire. Ils ont, l'un comme l'autre, la ferme intention de tout mettre en œuvre pour que le responsable de tout ce merdier soit sévèrement puni. Ils partagent également la même suspicion vis-à-vis de la police : ils doutent de la capacité des forces de l'ordre à interpeller l'agresseur afin qu'il soit jugé et condamné comme il le mérite.

Anthony est pourtant satisfait sur un point : le fils de l'homme d'affaires lui a renouvelé sa confiance. Il va donc s'efforcer de montrer qu'il en est digne. Et pour cela, le meilleur moyen dont il dispose, c'est d'identifier le propriétaire du monospace qu'il soupçonne être l'auteur de ce qu'il est convenu d'appeler un véritable attentat contre son patron. Il ne lui reste plus maintenant qu'à attendre lundi, pour contacter en début de matinée l'employé de la sous-préfecture.

Il y a plus d'une heure que le match a pris fin. Ne sachant comment se rendre utile, Anthony est demeuré sur place, confortablement assis dans la voiture de fonction, à écouter sa musique préférée. Il a patienté sans oser rentrer chez lui, espérant des nouvelles rassurantes qui lui auraient permis de retrouver un peu de sérénité. Désormais, plus rien ne le retient à proximité du stade. Le parking est désert et les lumières de l'enceinte sportive sont éteintes. Les émotions de la soirée ont mis ses nerfs à rude épreuve, aussi décide-t-il de quitter les lieux pour regagner son domicile.

Le point positif de ces derniers événements est que, pour la première fois depuis longtemps, il disposera du dimanche pour profiter de sa compagne et de ses enfants, et cette perspective suffit à lui remonter temporairement le moral, car il est suffisamment lucide pour savoir ô combien la semaine à venir sera plus compliquée pour lui.

6

En ce dimanche matin, Hélène est attablée dans sa cuisine à siroter un café. La veille, elle n'a pas entendu son mari revenir du match. Fatiguée par un virus dont elle ne parvient pas à se débarrasser, elle s'est assoupie avant le retour de Laurent. Elle s'est réveillée aux alentours de trois heures avec un mal de tête lancinant qui l'a empêchée de retrouver le sommeil.

Excédée par les ronflements particulièrement sonores de son conjoint, conséquence d'un léger embonpoint, elle a finalement résolu de quitter le lit conjugal pour gagner le canapé du salon vers quatre heures. Fataliste, elle a constaté que son mari était une fois de plus parti se coucher en laissant la télé allumée.

Après deux tasses de café, elle commence enfin à percevoir les effets de la caféine. Son mal de tête commence à s'estomper. Penchée sur sa tablette tactile, elle profite de ses derniers moments de tranquillité pour parcourir le journal.

Elle relève la victoire de Lens sur Lille et se dit qu'au moins, elle n'aura pas à supporter la mauvaise humeur de Laurent les lendemains de défaite de son équipe favorite. Elle survole un court article, faisant référence au malaise d'un spectateur dans les toilettes du stade, quand son mari entre dans le salon en traînant les pieds dans des pantoufles usées jusqu'à la corde. Des pantoufles bleu nuit qu'elle déteste et que Laurent s'obstine à enfiler tous les matins. Une négligence de son homme qui l'horripile. Ce n'est quand même pas compliqué d'en acheter des neuves, et puis il pourrait lever les pieds quand il marche ! Ce sont ces petits riens qui, dès le matin, lui rendent la vie de couple pesante.

Comment ont-ils pu en arriver là ? Tout semble s'être déglingué dans leur existence depuis que les enfants sont partis et qu'elle a pris sa retraite. Le fait de se retrouver tous les deux et de n'avoir que des banalités à se dire. Les mêmes gestes renouvelés jour après jour. Heureusement qu'elle a régulièrement la visite de ses petits-enfants pour lui remonter le moral. La vérité est qu'elle déprime et qu'elle attend désespérément de l'imprévu dans sa vie. Quelque chose qui lui permette d'exister en tant que femme, et non avant tout en tant qu'épouse et mère.

Laurent l'embrasse distraitement et lui demande mécaniquement comment s'est passée la nuit. Hélène souhaite continuer la lecture du journal et poursuivre tranquillement son petit déjeuner. Elle décide de faire l'impasse sur les ronflements de son mari et ne parle pas des maux de tête qui ont abrégé sa nuit. Elle préfère rester évasive et repense à ce qu'elle vient de lire.

- Globalement bien. J'ai le sentiment d'aller un peu mieux. Et toi, comment était ton match ? J'ai vu que Lens avait gagné.

- Bof, même si Lens a pris les trois points de la victoire, le match n'était pas folichon. J'ai même réussi à louper le premier but.

- J'y pense ! Dans le journal, on parle du malaise d'un spectateur durant le match qui a nécessité l'intervention du SAMU. Tu as remarqué quelque chose hier au stade ?

L'information communiquée par celle qui partage sa vie rappelle brutalement à Laurent la scène à laquelle il a assisté la veille.

- Ils écrivent dans quel endroit de Bollaert, c'est arrivé ?

- Apparemment dans des toilettes, à proximité de la tribune présidentielle, mais on ne parle pas de l'identité de la victime. Ils disent tout au plus que le malaise est sans doute survenu durant la première mi-temps.

- J'ai vu un mec, justement dans ces toilettes, qui avait un comportement bizarre. Fébrile et pressé de partir, il avait la tête de quelqu'un qui avait quelque chose à se reprocher, et cela comme par hasard, pile à l'endroit et dans le créneau horaire où a eu lieu le malaise. Maintenant que j'y réfléchis, cela ne pouvait pas être un hasard. Écoute, il y a peut-être un risque que je me trompe, mais je ne crois pas à une coïncidence. J'ai l'intuition qu'il ne s'agit pas d'un accident anodin. Je pense que le spectateur dont on parle dans le journal s'est fait agresser ! Je ne peux pas rester sans réagir.

C'est trop grave. Je passerai ce matin au commissariat. Il faut absolument que je fasse une déposition sans tarder.

Fermement décidé à se fier à son instinct, Laurent entreprend de se préparer un café et n'écoute déjà plus sa femme lui recommander la prudence. Pour une fois qu'il est confronté à quelque chose qui le sort de l'ordinaire. Et merde à ceux qui pensent qu'il voit des complots partout !

*

Michel est arrivé au commissariat de Lens, tôt dans la matinée. Il a passé sa nuit à se retourner dans son lit, se ressassant dans la tête la conversation du samedi avec son beau-frère.

Il en veut à cet imbécile. Mais qu'est-ce qui lui a pris ? Qu'espérait-il avec ce geste complètement stupide ? S'il lui en avait parlé avant, il aurait pu l'aider. Maintenant, c'est trop tard. Déjà qu'il va devoir mentir à ses collègues, en les informant qu'à ce stade de l'enquête tout laisse croire à un malaise. Heureusement que le premier rapport de l'urgentiste qui a pratiqué l'examen vient étayer cette thèse !

Ce matin, il n'est pas fier de lui. Il a le sentiment de trahir son uniforme. Un peu plus tôt, il a repoussé gentiment Sidonie, sa compagne, qui ne recherchait qu'un peu de tendresse de sa part. La pauvre, elle n'a pas compris. Et maintenant, il est seul devant son bureau avec sa conscience. Il ne peut quand même pas témoigner contre Ludovic. Sa sœur ne lui pardonnerait pas. Le pire, c'est qu'au fond de lui-même, il comprend l'attitude du papa qui a voulu défendre ses enfants menacés d'une manière ignoble. Il n'excuse pas son beau-frère, mais parvient à s'expliquer la réaction de celui-ci. Lui-même, s'il était père, ne sait pas comment il aurait réagi. Quand il y pense, il aurait probablement été plus violent. Désormais que va-t-il se passer si finalement le rapport médical s'oriente vers l'agression, ou pire, si Christian Toury a des séquelles, voire décède ? Michel n'en sait rien et il ignore encore comment il va pouvoir continuer à couvrir le mari d'Émilie.

La sonnerie du téléphone le ramène brutalement à la réalité quotidienne du commissariat. Le policier décroche et reconnaît la voix du gardien de la paix Devaux de permanence à l'accueil.

- Capitaine, j'ai un individu devant moi qui voudrait faire une déposition. Vous pouvez le recevoir ?

- Envoie-le-moi ! La matinée est plutôt calme pour un dimanche. Il t'a dit quelque chose sur la nature de sa déposition ?

- Non, il souhaite parler à un enquêteur et il a simplement évoqué quelque chose dont il aurait été témoin hier soir au stade Bollaert.

À ces mots, Michel devient blême. Il ne doute pas une seule seconde que la présence de l'homme ait un rapport avec l'agression. Sur quarante-mille personnes, il fallait bien qu'il s'attende à ce qu'au moins une d'entre elles ait vu ou entendu quelque chose. Il va devoir se reprendre et être au maximum de ses capacités pour recevoir la déposition. Une chance que ce soit justement lui qui se charge de recevoir le témoin et qu'il soit seul dans son bureau.

L'officier n'a pas le temps de se poser davantage de questions. Il entend des pas hésitants dans le couloir qui manifestement cherchent à le localiser.

- Je suis ici !

Michel doit lutter pour que le particulier qui se présente maintenant devant la porte de son bureau ne devine pas la tension qui est la sienne. Une sacrée veine que l'individu, à l'évidence peu familier des lieux, fasse preuve d'une grande nervosité.

Impressionné par le cadre austère du commissariat, Laurent n'est pas à l'aise. Il regrette déjà de s'être laissé emporter par son désir de rétablir la vérité. Il mesure toute la différence entre une décision qu'il a prise en buvant un café dans sa cuisine et une situation où il s'apprête à tenter de persuader un policier de la possibilité d'une agression.

*

Frustré de ne pas avoir pu être au chevet de son père la veille, Sébastien s'est présenté tôt le matin devant l'entrée du service de soins intensifs, avec le secret espoir de pouvoir l'approcher. Il a vite déchanté et a dû se contenter de le regarder derrière une vitre. L'assistance respiratoire, dont son paternel bénéficie, lui a tout juste permis de le reconnaître. Il en a été réduit à constater que la situation de son père n'avait pas changé.

Il a pu rencontrer un médecin qui lui a confirmé que la surveillance des paramètres vitaux n'avait pas décelé d'aggravation de l'état de santé du patient.

Christian Toury réagit aux stimulations ce qui représente un signe encourageant, d'autant plus qu'aucun trouble neurovégétatif n'a été observé. Il faut demeurer prudent mais un réveil dans les prochains jours peut être envisagé.

Le fils du chef de clan est à moitié rassuré. En se levant il s'attendait au pire, aussi l'entrevue avec le praticien lui a-t-il ôté un poids sur l'estomac. Malgré tout, il appréhende toujours les séquelles qui pourraient se manifester quand son père reprendra connaissance.

Son état d'esprit n'a pas évolué depuis hier. Il considère qu'il ne peut pas se fier à la police. Il n'a pas non plus particulièrement envie qu'elle mette le nez dans les affaires de la famille. Son espoir d'obtenir justice repose désormais sur l'individu suspect suivi par Anthony, car Sébastien Toury a définitivement abandonné l'éventualité d'un malaise.

Indépendamment de l'enquête du garde du corps, il est décidé à ne pas rester inactif. Le mobile de l'agresseur est forcément lié à l'activité de son père. En examinant les dossiers litigieux en cours, cela serait bien surprenant qu'il ne trouve pas une piste !

*

Ignorant de la traque dont il est la victime, Laurent Tillois s'apprête au même moment à commencer sa déposition.

Assis sur une chaise face au capitaine Delattre, il n'en mène pas large, songeant qu'il pourrait être tranquillement chez lui à tondre sa pelouse par cette belle journée d'avril. Un soleil printanier darde ses rayons à travers l'unique fenêtre d'un bureau sans âme, sobrement décoré par des notes d'information et des affiches aux couleurs délavées. Ne sachant comment débuter sa déclaration, Laurent attend patiemment que le policier amorce la discussion.

Ce dernier, après l'avoir invité à s'asseoir, pianote sur les touches de son ordinateur sans le regarder, peu soucieux de le mettre en confiance. Les minutes s'égrènent sans qu'une seule parole ne soit échangée.

- Bon je suis à vous, désolé pour l'attente. J'avais un rapport urgent à terminer !

Après avoir laissé mariner plusieurs minutes son visiteur, dans le but de le déstabiliser, Michel le regarde maintenant attentivement.

Âgé d'une petite soixantaine d'années, l'homme est visiblement tendu. Des lunettes noires, en équilibre instable sur son nez, et des cheveux clairsemés poivre et sel lui renvoient l'image d'un universitaire proche de la retraite. En regardant les mains de son vis-à-vis, le policier est tout de suite frappé par la quasi-absence des extrémités des ongles. Il est clair que la nervosité de celui-ci n'est pas feinte. Une constatation qui devrait l'aider. Si l'individu qu'il a en face de lui est émotif et peu sûr de lui, il ne devrait pas être difficile de le faire douter de ce qu'il a pu voir ou entendre.

- Je vais commencer par relever votre état civil, vous me direz ensuite ce qui vous amène chez nous. Nom, prénom et adresse ?

- Euh, Tillois Laurent. J'habite à Loos-en-Gohelle, au 93 rue Hoche.

- Date et lieu de naissance ?

La froideur du ton utilisé par le représentant de l'ordre achève d'ôter à Laurent les dernières bribes de courage qui lui restent. Il se surprend à bafouiller sa date de naissance. L'attitude de son interlocuteur le déconcerte. Loin d'essayer de le mettre à l'aise, il lui donne l'impression de procéder à un interrogatoire. Pour un peu, Laurent s'imaginerait être un vulgaire délinquant sommé d'avouer un délit quelconque. Il s'apprête à se lever et à quitter les lieux sans même donner son témoignage, mais quelque chose le retient. Sa fierté peut-être, et aussi le sentiment d'avoir à accomplir son devoir de citoyen. Il ne va quand même pas se laisser décourager par un policier de mauvaise humeur contraint à travailler un dimanche ! Alors Laurent reprend son souffle, se force à maîtriser les battements de son cœur et entame le récit de sa soirée de la veille.

7

Dans le bureau du commissariat, l'atmosphère est lourde et la tension entre les deux hommes palpable.

- Mais enfin, la personne que vous me décrivez avait les cheveux bruns ou blonds ? Je ne peux pas prendre une déposition aussi imprécise, s'énerve un Michel désireux de fragiliser le témoignage de Laurent Tillois.

- Vous savez, il avait le look classique du supporter lensois avec une écharpe et un bonnet. Alors pour ce qui est des cheveux, je n'ai pas vu grand-chose. Je pense que ses cheveux étaient bruns mais je n'en suis pas sûr. Par contre, j'ai bien distingué ses traits. Il avait une trentaine d'années et il était de type européen.

- D'accord, cela je l'ai compris ! Mais c'est vague. Des personnes comme ça, il y en a des centaines. En plus, le lien avec une possible agression me paraît ténu. Il était peut-être simplement préoccupé par un problème personnel ou une mauvaise nouvelle qu'il venait d'apprendre au téléphone.

- Non je ne crois pas ! Il avait vraiment l'air de quelqu'un qui venait de commettre un acte répréhensible.

- Écoutez, monsieur... Michel fait semblant de relire son écran alors qu'il a parfaitement mémorisé le nom de l'homme qui se tient en face de lui. Euh ! Tillois ! Je suis désolé de vous le dire, mais on ne peut pas démarrer une enquête sur la base d'une simple impression. Je pense qu'on devrait en rester là. J'ai bien noté que vous avez pris le temps de vous déplacer pour accomplir ce que vous pensiez être votre devoir et je vous en remercie !

- Mais cet homme, je l'ai vu et je me souviens parfaitement de ses traits. Je suis certain qu'avec un portrait-robot, vous pourriez facilement l'identifier.

- La police ne fait pas des portraits-robots pour si peu, et d'abord, pour être franc avec vous, les premiers éléments que nous avons recueillis sur l'affaire laissent à penser qu'il s'agit d'un simple malaise.

- Je suis persuadé que vous faites une erreur ! Vous devez réaliser que vous prenez peut-être le risque de laisser en liberté un dangereux prédateur.

En entendant ces mots, Michel ne peut s'empêcher de sourire en pensant à son beau-frère. « Dangereux prédateur » ne sont pas vraiment les premiers mots qui lui viendraient à l'esprit à son sujet. À cet instant, l'important pour lui devient surtout de se débarrasser de l'importun. Rapidement, il fait le point sur les déclarations de Laurent Tillois et se rassure devant la faiblesse du témoignage.

- Écoutez, j'ai bien noté votre déclaration ! Je vais vous la faire signer et je peux vous assurer que nous ne manquerons pas de vous recontacter pour une identification éventuelle, s'il s'avérait qu'il s'agit d'une agression, même si comme je vous l'ai déjà dit, nous avons un gros doute à ce sujet.

Laurent n'a pas d'autre solution que de signer le document et quitter le commissariat. En sortant du bâtiment, il a la désagréable impression d'avoir été congédié. L'attitude hostile du capitaine Delattre lui laisse un goût amer. Il ne s'explique pas le climat dans lequel s'est déroulé l'entretien. Il a clairement eu le sentiment que le policier désirait classer l'affaire et que son témoignage le dérangeait.

Pourtant il n'est pas fou. Il n'a pas rêvé ce qu'il a vu. Un individu en panique, qui vraisemblablement a quelque chose à se reprocher, comme par hasard juste à côté d'un autre assommé derrière une cloison, ne peut être une coïncidence ! Laurent est bien décidé à le prouver avec ou sans la police. Sa femme pourra alors toujours ironiser sur le fait qu'il voie des complots partout !

*

Après le départ du quinquagénaire, Michel est loin d'être serein. Il déteste la manière dont il vient de recueillir le témoignage. Il a l'impression d'avoir trahi son uniforme. Non seulement il a orienté l'échange, mais en plus il a usé de son statut pour intimider le témoin et le faire douter.

Après tout, ce Laurent a l'air d'être un brave type. En plus, le policier ne sait que trop bien que son visiteur n'invente rien. Il a parfaitement reconnu en lui la personne qui est sortie des toilettes peu de temps après Ludovic. Il a passé assez de temps à visionner les enregistrements dans la salle de contrôle du stade pour s'en souvenir. D'autant qu'il lui paraît difficile de se tromper sur ce coup-là : Laurent Tillois avait le visage tourné vers la caméra de surveillance.

Michel réfléchit. Il peut toujours veiller à ce que la déposition soit enterrée quelques jours, au moins tant que la piste du malaise continuera à être jugée la plus probable. Mais sa position restera fragile et l'obligera à marcher sur des œufs. Et puis tout cela ne résout pas le problème de fond avec Ludovic : la raison qui l'a poussé à passer à l'acte, le chantage opéré sur ses enfants.

Visiblement, Christian Toury n'est pas un tendre. Faire pression sur un client qui tarde à honorer des échéances, qui plus est, en menaçant de s'en prendre à sa progéniture, est le propre d'un individu qui ne recule devant rien pour obtenir ce qu'il veut. Il y a fort à parier que son entourage partage cette façon de gérer les affaires et veuille se venger. Les personnes qui gravitent autour du financier n'accepteront jamais la thèse d'un possible malaise. Ne pas montrer de signe de faiblesse, c'est la condition pour que le clan puisse continuer à demeurer crédible au sein du monde dans lequel il évolue. Michel a l'intuition que les proches du dirigeant ne feront pas appel à la police pour identifier le responsable. S'il ne se méprend pas, cela signifie que Ludovic sera tôt ou tard dans leur collimateur. Ils cibleront d'abord les mauvais payeurs et il ne faudra alors guère de temps pour qu'ils remontent jusqu'à lui.

C'est une course contre la montre que le représentant de l'ordre s'apprête à engager. Il va devoir mener une enquête, en marge de son travail d'officier, sans éveiller les soupçons de ses collègues et cela ne sera pas simple. D'un autre côté, l'obligation qui s'est imposée naturellement à lui de protéger la famille de sa sœur ne lui laisse pas vraiment d'autres options.

Sa permanence se termine à seize heures. Il a prévu un cinéma en début de soirée avec Sidonie. Cela devra attendre. Il faut qu'il profite de sa fin d'après-midi pour faire connaissance avec le fils Toury. Avec les outils dont il dispose au commissariat, récupérer ses coordonnées ne devrait pas être trop difficile. Michel doit se représenter l'homme pour mesurer le risque encouru par Ludovic et tenter de trouver une parade !

Pas sûr que sa compagne, qui a un caractère entier, comprenne pour quelle raison il la laisse une fois de plus en plan après l'épisode de ce matin !

*

Émilie n'a pas ouvert la bouche de la matinée et Ludovic se sent mal. Après les discussions houleuses de la veille, il a résolu de passer la nuit sur le canapé, espérant de cette manière apaiser les tensions, mais tous ses efforts pour essayer d'amadouer son épouse sont restés vains.

Il sait qu'il a commis une grave erreur et commence à mesurer son état de dépendance au jeu. Pourquoi n'a-t-il pas réagi avant qu'il ne soit trop tard ? Il aurait dû se rendre compte que son addiction le conduisait à des extrémités et ne pas continuer à s'endetter au-delà du raisonnable.

Ludovic a maintenant l'impression d'être dans une impasse. Une dette de soixante-mille euros, ce n'est pas rien et il n'a pas l'ombre d'une idée pour rembourser ne serait-ce qu'une fraction de ce qu'il doit. Dans l'immédiat, il lui faut trouver quatre-mille euros de toute urgence pour régler ses échéances en retard. Seul un miracle pourrait le sauver !

Il a épuisé tous les recours. Il lui est impossible de contracter un nouvel emprunt. La maison qu'il a acquise avec son épouse l'a déjà obligé à s'engager auprès d'une banque sur près de trente ans, alors envisager un rééchelonnement de ses dettes lui paraît peu réaliste. Il ne tient pas non plus à déclarer officiellement ce dernier prêt consenti dans des conditions douteuses.

Plus il y pense, plus il se dit que c'était une bêtise de s'attaquer de front à Christian Toury. Pour autant, il ne le regrette pas. Il a fait ce qu'il a cru être la meilleure des solutions pour protéger sa famille. Avec l'inconséquence qui le caractérise, Ludovic est convaincu qu'en dernier lieu il ne sera pas inquiété pour son acte. Il fait confiance à son beau-frère pour écarter les soupçons qui pèsent sur lui. Il est également persuadé que celui qu'il a agressé se remettra sans mal du coup qu'il lui a asséné. S'il parvient à rassembler la somme qu'il lui doit, il réglera définitivement son problème et il lèvera par la même occasion la menace qui pèse sur ses proches. Il pourra ainsi repartir sur de nouvelles bases avec Émilie, qu'il n'a pas épargnée ces derniers temps.

Et dire qu'il passe ses journées à brasser de l'argent ! Quelle ironie ! Quand il pense à tous ces petits vieux dont il gère les comptes, dans le cadre de son métier à la banque postale, il se dit que cela n'est vraiment pas juste. Toutes ces personnes ont de l'argent à ne plus savoir qu'en faire. Le jeune homme se demande même s'ils connaissent le montant exact de leurs avoirs. Quand il voit tous ces livrets au plafond qui depuis plusieurs années ne font l'objet d'aucun retrait, il se demande s'il n'y a pas peut-être là une piste à creuser.

Certaines de ces personnes âgées n'ont vraisemblablement pas d'héritiers. Leur argent finira donc tôt ou tard dans l'escarcelle de l'État. Si ce n'est pas du vol institutionnalisé, ça ! Après tout, dans son cas, il ne s'agirait que d'un emprunt temporaire et personne ne s'en rendrait compte !

8

La température, étonnamment élevée pour ce mois d'avril, n'a pas découragé Michel dans son intention de se rendre chez Sébastien Toury. Comme il s'y attendait, Sidonie a accueilli fraîchement le changement de programme de la soirée et lui a raccroché au nez. L'air est étouffant, en cette deuxième partie d'après-midi, et il attribue l'humeur de sa compagne au temps orageux, songeant qu'il trouvera bien les arguments pour dissiper les tensions quand il rentrera chez lui.

Le policier n'a eu aucun mal à dénicher l'adresse des Toury : une immense propriété à la périphérie de Lens, composée d'un parc de plusieurs hectares et de deux habitations imposantes. La superficie de l'ensemble est suffisamment vaste pour permettre au père et au fils d'y cohabiter avec leur famille. Une grille haute de plusieurs mètres entoure le domaine, permettant à ses habitants d'échapper au regard des curieux.

À l'entrée de la propriété, un visiophone complète un portail gardé par un vigile et un chien. Un système particulièrement imposant pour filtrer les entrées et décourager les importuns. Michel se fait la réflexion que les habitants des lieux n'ont pas lésiné sur la dépense pour protéger leur intimité.

Le capitaine Delattre ne s'est pas donné la peine de prendre rendez-vous mais il ne désespère pas que l'annonce de l'arrivée d'un officier assermenté lui ouvre l'accès à la résidence. Il va devoir être prudent. Il agit en dehors de ses heures de service et de tout cadre légal. Il court le risque que ses supérieurs aient connaissance de son initiative.

Michel se fait annoncer. Après un contrôle d'identité et quelques minutes passées à être dévisagé par le cerbère de service, l'autorisation d'entrer est donnée. Il peut alors emprunter l'allée centrale avec sa voiture.

Bois, étang, court de tennis, piscine : un luxe ostentatoire est affiché sans aucune retenue, visiblement avec la ferme intention d'impressionner le visiteur. Même s'il ne veut pas se l'avouer, le jeune homme est mal à l'aise. Il ne s'attendait pas à une telle opulence et ignorait qu'un conseiller financier gagnait aussi bien sa vie. Après avoir parcouru plusieurs centaines de mètres, il se retrouve face à l'habitation décrite par l'employé. Château est le premier terme qui lui vient à l'esprit en la découvrant. Un large perron permet d'accéder à un gigantesque hall, agrémenté d'un plafond cathédrale, où l'attend une personne, manifestement le maître des lieux, ce qu'il confirme en lui tendant la main.

- Sébastien Toury, que puis-je pour vous ? J'ose espérer que votre visite a un rapport avec l'agression dont mon père a fait l'objet hier ?

- Euh, capitaine Michel Delattre. Je voulais faire un point avec vous sur l'enquête, hésite le représentant de l'ordre, déjà conscient de l'absurdité de sa démarche.

Le terme « agression », employé à dessein par le fils, lui fait déjà comprendre à quel point l'éventualité d'un malaise va être difficile à aborder.

- Allez, dites-moi tout ! Vous avez arrêté l'enfoiré qui a mis mon père dans le coma ?

- Pour le moment, la piste de l'agression n'est pas privilégiée. Les premiers examens nous orientent plutôt vers un malaise vagal qui aurait provoqué la chute de votre père contre le rebord de la cuvette des toilettes.

- Vous vous foutez de moi ? Mon père est un roc et il a une santé de fer, alors un malaise est tout simplement inenvisageable. Si vous n'avez rien d'autre à m'annoncer, je crois qu'il est inutile de prolonger cet entretien !

- Euh, bien sûr, nous continuons à étudier la possibilité que votre père ait été agressé. Est-ce que quelqu'un aurait pu en vouloir à votre père au point de vouloir attenter à sa personne ?

- Qu'est-ce que vous croyez ? Mon père brasse beaucoup d'argent, comme vous pouvez vous en douter. Il peut toujours y avoir des concurrents jaloux de sa réussite. Je n'ai pas de noms à vous communiquer, mais faites votre travail correctement et je ne vois pas comment vous pourriez ne pas mettre la main sur le fumier qui a mis mon père dans cet état ! Cela ne doit quand même pas être difficile de l'identifier dans un stade truffé de caméras de surveillance. Enfin, je ne vais quand même pas vous apprendre votre métier ?

- Une dernière question et je vous laisse. Votre père avait un garde du corps. Comment expliquez-vous que celui-ci n'ait rien vu, si quelqu'un a réussi à l'approcher de suffisamment près pour l'agresser ?

- Je n'en sais rien. Il a peut-être été distrait par un comparse ? C'est à vous de le découvrir. Je ne crois pas qu'il y ait autre chose à ajouter et je ne voudrais pas que vous perdiez davantage de temps ici. Je crois que vous avez mieux à faire pour essayer de retrouver le coupable.

- D'accord, je m'en vais. Ah oui, j'y pense ! Anthony Vebler a mentionné des lettres de menace que votre père aurait reçues, est-ce que cela évoque quelque chose pour vous ?

- Il ne faut pas faire attention à tout ce qu'il vous dit. Anthony a parfois tendance à surréagir. Mon père en a parlé devant moi mais cela ne l'inquiétait pas outre mesure et je pense d'ailleurs qu'il ne les a pas conservées.

- Pouvez-vous vérifier, et si vous les retrouvez, me prévenir ?

- D'accord, je n'y manquerai pas. Bon, des affaires urgentes à traiter m'obligent à clore cet entretien. Au revoir capitaine et informez-moi dès que vous avez du nouveau !

En remontant dans sa voiture après avoir pris congé, Michel est soucieux. Comme il le pressentait, le fils de Christian Toury ne veut pas entendre parler d'un malaise. Cela risque de compliquer le sort du beau-frère. Il reste à espérer qu'avec les moyens dont il dispose, celui-ci ne parvienne pas à remonter trop vite la piste jusqu'à Ludovic. Le policier n'ose songer à ce que cela impliquerait de la part d'individus recourant à la menace sur des enfants !

L'existence même du garde du corps soulève également d'autres questions. Sébastien Toury a manifestement minimisé l'impact des lettres adressées à son père, sinon comment expliquer la présence d'une protection rapprochée et l'importance des mesures de sécurité autour de la propriété ? Mais dans ce cas, qui pourrait faire suffisamment peur aux Toury pour nécessiter de tels moyens ?

En franchissant les grilles de l'entrée, Michel a le sentiment que cette enquête ne sera pas aussi simple à boucler qu'il l'espérait. La nature des affaires des Toury demeure floue. L'argent y joue un rôle central. Pourtant, il doute que les revenus de simples conseillers financiers puissent autoriser un tel train de vie. Il aurait aimé poser davantage de questions sur l'activité de la société, mais il s'est fait littéralement congédier et l'absence de caractère officiel de sa démarche lui a interdit d'insister.

D'humeur morose, il décide de rentrer chez lui, espérant que Sidonie aura digéré le report de la séance de cinéma. Plus qu'une bonne vingtaine de minutes et il aura rejoint son domicile. Il emprunte l'autoroute, désireux de gagner du temps, mais il mesure très vite son erreur, en apercevant clignoter les feux de détresse des voitures qui le précèdent.

*

Michel a sous-estimé les conséquences de sa défection sur l'humeur de Sidonie. Elle n'a pas du tout apprécié qu'une fois de plus son compagnon la délaisse pour son travail. Sa patience est à bout. Depuis le début de leur relation un an plus tôt, elle a le sentiment de ne pas avoir arrêté de faire des concessions et maintenant c'en est trop.

Il y a quelques mois, elle a accepté de vendre l'appartement qu'elle possédait dans la métropole lilloise pour suivre le policier muté à Lens et elle le regrette amèrement. Elle a voulu conserver son poste de commerciale dans un cabinet d'assurances de Roubaix. Mal lui en a pris. Elle s'est retrouvée engluée dans les embouteillages journaliers sur l'autoroute du Nord, qu'elle est contrainte d'emprunter pour accomplir la cinquantaine de kilomètres qui la sépare de Roubaix.

Entre des journées à rallonge et les absences répétées de Michel, elle sature. Jusqu'à ce qu'elle rencontre celui qu'elle pensait être l'homme de sa vie, elle était une femme libre qui enchaînait les aventures sans lendemain et elle commence maintenant à regretter sa décision de le suivre.

Elle s'est éloignée de ses amies et la vie culturelle lensoise ne la passionne pas. Même le sexe avec son amant a perdu la fantaisie qui les avait rapprochés au début de leur relation.

Alors ce soir, seule chez elle à se morfondre, elle prend la résolution de le quitter. Une amie l'hébergera à Lille, le temps qu'elle trouve à se loger. Elle prend quelques minutes pour rédiger un mot de rupture, remplit à la hâte un sac avec le nécessaire pour quelques jours et claque sans se retourner la porte de la maison qu'elle a pris en location avec lui. À cet instant, récupérer la totalité de ses affaires est devenu le cadet de ses soucis, d'autant qu'elle appréhende déjà la séance d'explications que ne manquera pas de lui imposer Michel lorsqu'elle finira par le croiser.

*

À quelques kilomètres de là, Émilie traverse également une crise existentielle. Elle n'en peut plus de l'égoïsme de son conjoint et ne lui pardonne pas les risques qu'il fait courir à sa famille. Elle doute de la volonté de son mari de soigner son addiction aux jeux. Elle s'interroge aussi sur son couple et sur l'envie qu'elle a de prendre du recul.

Elle entend le ton mielleux de Ludo qui la supplie de lui pardonner mais refuse de l'écouter. Elle se sait faible et craint de regretter une énième réconciliation sur l'oreiller qui n'aurait pour conséquence que de retarder l'inéluctable.

Et puis ce qu'il a fait est grave ! Elle ne partage pas la confiance aveugle de son mari qui pense que Michel parviendra à éviter qu'il ne soit inquiété. Plus grave encore, la photo volée de ses enfants la préoccupe. La dette que Ludo a contractée ne s'effacera pas d'elle-même, et par la même occasion, les menaces qui pèsent sur Jules et Coline. Et merde ! Ils n'ont que six et huit ans. Elle ne peut rester tranquillement chez elle comme s'il ne s'était rien passé !

Elle accepte cette situation depuis trop longtemps. Ses parents habitent le bordelais, sa région natale. Comme son frère, elle a la nostalgie du lieu où elle a passé son enfance. Un retour aux sources, voilà ce qu'il lui faut. La maison familiale est suffisamment grande pour l'héberger temporairement avec ses enfants. Sur place, elle avisera et cherchera une solution durable. De cette façon, Jules et Coline seront protégés et elle pourra songer à se reconstruire. Il restera alors le plus dur à accomplir, annoncer sa décision à Ludo, et le connaissant cela ne sera pas simple !

*

Le temps lourd de cette fin d'après-midi a fini par céder le pas à l'orage tard dans la soirée. Des trombes d'eau se sont abattues sur l'arrondissement de Lens et un réseau défaillant de canalisations a permis à une eau boueuse et malodorante d'envahir les rues par endroit.

Le transformateur électrique de l'artère, qui borde la banque postale de l'ancienne cité minière, n'a pas résisté et a privé de courant une partie du quartier. Le hasard a voulu que l'onduleur de l'agence, censé assurer la continuité de l'alimentation électrique sur le site, ne prenne pas le relai.

Les pompes ne sont pas parvenues à évacuer le trop plein d'eau et celle-ci est rapidement montée dans la salle informatique située au sous-sol. Les uns après les autres, les ordinateurs se sont arrêtés de fonctionner.

La panne la plus importante de l'histoire de l'établissement bancaire venait de se produire.

9

Toutes les tentatives de rapprochement de la journée avec Émilie sont demeurées vaines, et pour la deuxième nuit d'affilée, Ludovic s'est résolu à dormir sur le canapé. La culpabilité et le manque de confort l'ont tenu éveillé de longues heures durant lesquelles il a pu faire le point.

De leur côté, les enfants n'ont rien compris à la tension qui régnait entre leurs parents. Jules et Coline ont passé l'essentiel du dimanche dans leur chambre à se chamailler autour de jeux de société. Les repas se sont déroulés sans qu'une seule véritable conversation ne soit échangée entre les adultes. Devant leur progéniture, les deux époux ont joué la comédie de la famille unie, mais les enfants n'ont pas été dupes.

En ressassant tout cela, le mari d'Émilie n'a cessé de se retourner en essayant de trouver le sommeil. L'attitude de son épouse lui a laissé la désagréable impression qu'elle avait déjà fait le deuil de leur couple. Fuyante, elle n'a cessé de l'éviter, comme si elle appréhendait l'inévitable mise au point qu'ils ne pourraient différer plus longtemps.

Ludovic repense à la solution qu'il a imaginée de prélever de l'argent sur des comptes inactifs. En y réfléchissant, il sent le dégoût monter en lui. Faut-il qu'il soit tombé bien bas pour avoir envisagé une telle extrémité !

Il a fini par s'assoupir peu de temps avant que le soleil ne se lève et revient brutalement à la réalité en entendant l'alarme de son smartphone.

Six heures quarante. Ludovic a prévu de partir travailler tôt pour mettre à jour les dossiers qui s'empilent sur son bureau. Ce matin, il évitera sa femme. Il a besoin de retrouver toute son énergie pour affronter la journée qui l'attend. Tout est encore calme dans la maison. Il prend une douche rapide, avale un petit déjeuner frugal et part discrètement dès qu'il entend du bruit à l'étage. Pour la première fois, il quitte le domicile sans embrasser ni sa femme, ni ses enfants. Honteux de la situation dans laquelle il a plongé sa famille, il ne se sent en ce lundi pas la force d'affronter leur regard.

À sept heures et demie, il arrive devant le bâtiment de la banque. En pataugeant dans la boue pour accéder à l'entrée, il devine tout de suite qu'une catastrophe s'est produite. Les portes sont grandes ouvertes et une armée d'agents d'entretien s'active pour évacuer l'eau chargée de déchets qui s'est engouffrée dans le hall d'accueil. Face à lui le directeur de l'agence, déjà présent en dépit de l'heure matinale, le visage décomposé lui confirme ce qu'il pressentait déjà : la banque ne sera pas en mesure d'accueillir le public aujourd'hui.

*

Émilie a feint d'être plongée dans le sommeil quand elle a entendu son mari prendre une douche dans la salle de bain attenante à la chambre. Elle n'est pas fière de ce qu'elle s'apprête à faire, mais elle ne peut plus reculer : elle doit avant toute chose songer à mettre en sécurité ses enfants et les éloigner de Lens.

Comme son mari, elle a peu dormi et a ruminé sa rancœur une partie de la nuit. Elle a retourné le problème dans tous les sens. Elle ressent un besoin impérieux de changer de région pour démarrer une nouvelle vie et la campagne bordelaise où résident ses parents est assurément le lieu idéal pour cela.

Correctrice pour une maison d'édition lilloise, la jeune femme a l'avantage de pouvoir exercer sa profession n'importe où. Prendre de temps en temps un avion ou un train, pour se rendre au siège de son employeur, ne lui posera pas de problème.

Le point le plus épineux est la scolarité de Jules et Coline. À une semaine des vacances scolaires de printemps, elle va devoir prévenir l'école de leur absence. Une angine ne soulèvera pas de questions. À la rentrée, elle essaiera de trouver une solution dans l'école primaire qu'elle a fréquentée durant son enfance. Sa mère est une élue locale. Ce serait bien le diable si celle-ci ne réussissait pas à les y faire inscrire.

Tout est maintenant clair dans la tête d'Émilie. Elle veut quitter Ludo. Le hic reste le procédé qu'elle va bien pouvoir utiliser pour lui annoncer. Elle songe à une méthode graduelle : d'abord lui annoncer le besoin qu'elle ressent de prendre du recul, puis par la suite, elle lui fera part de sa décision de divorcer, une décision mûrement réfléchie. Ce sera sans doute une période difficile pour lui. Mais en définitive, si cet irresponsable n'avait pas mis la vie de ses enfants en danger, ils n'en seraient pas arrivés là !

*

Anthony Vebler s'est réveillé habité par une énergie nouvelle, le désir de venger son patron chevillé au corps.

La sous-préfecture de Lens ouvre à huit heures trente. En arrivant dès l'ouverture, son correspondant sur place devrait pouvoir lui obtenir rapidement l'adresse. Cela lui laissera la journée pour débuter son repérage. Il y a de fortes chances pour que l'homme soit parti travailler et donc absent de chez lui. Il se peut aussi qu'il vive en couple et ait des enfants. Il devra donc contrôler la présence éventuelle d'autres personnes sur place. Il ne sait pas encore comment il s'y prendra. Il improvisera.

Il sait que dans les communes rurales, les gens passent leur temps à s'espionner. Il devra donc être prudent et éviter d'attirer l'attention. Cela ne devrait pas être trop difficile. Au pire, si quelqu'un s'intéresse de trop près à lui, il fera mine de parcourir le quartier pour dénicher un logement. Il pourra même dire qu'il recherche quelque chose dans le style de l'habitation de l'individu qu'il cherche à localiser.

S'assurer de la culpabilité de la cible est déjà passé au second plan dans son esprit. Pétri de certitudes, il n'envisage pas une seule seconde qu'il puisse se tromper. Il a déjà échafaudé un plan qui devrait lui faciliter la tâche. Un plan qui, il en est sûr, lui permettra de trouver le moment opportun pour aborder le responsable de ce bordel. Le subterfuge, qu'il s'apprête à utiliser, devrait lui permettre de prendre contact avec la personne dont il est sur le point de bouleverser l'existence, car il n'oublie pas qu'elle connaît son visage.

Une heure plus tard, Anthony est en possession de l'adresse. Par chance, son contact à la sous-préfecture, après quelques réticences, a accédé à sa requête et lui a communiqué les coordonnées associées à la plaque minéralogique relevée le samedi soir. Le garde du corps a dû se montrer persuasif. Sa réputation a fait le reste, autant que la méthode utilisée à l'époque pour calmer le voisin irascible. Le fonctionnaire a rapidement compris qu'un service n'était pas gratuit et qu'un renvoi d'ascenseur était le minimum attendu. Il n'a pas alors eu d'autres alternatives que de s'exécuter, en faisant promettre à Anthony l'absolue discrétion sur la délivrance d'une information qui pourrait lui valoir une révocation.

L'employé de Christian Toury n'a pas mis beaucoup de temps pour identifier l'habitation. Il est à peine dix heures quand il gare son véhicule à proximité. Il a préféré éviter la voiture de fonction, une Mercedes classe E un peu trop voyante pour le quartier. Sa petite berline passe-partout lui a paru plus adaptée pour se fondre dans le décor. Un rapide coup d'œil sur l'environnement immédiat le rassure, tout comme la lecture du nom indiqué sur la boîte aux lettres : Laurent Tillois, le patronyme qu'il a pris soin d'inscrire sur son carnet.

La rue est une départementale et la maison n'a pas de mitoyenneté. Elle est érigée au centre d'un jardin entouré de cyprès, qui manifestement n'ont pas été taillés depuis des années. D'une hauteur avoisinant les quatre mètres, ils protègent les habitants du regard des curieux. Un bon point pour lui. Il devrait pouvoir se familiariser avec les lieux sans attirer l'attention.

Un terril au loin imprime son empreinte sur l'horizon d'un paysage dominé par des champs. Un printemps précoce amène à l'ensemble une note de couleurs à dominantes jaune et blanche.

Un appel à Sébastien Toury lui a permis d'apprendre que l'état de santé de son patron n'avait pas évolué. C'est donc animé d'une détermination sans faille qu'il commence sa journée de reconnaissance.

Anthony a décidé de ne pas se précipiter pour établir le premier rapprochement avec un Laurent Tillois qui ne manquera pas de le reconnaître dès qu'il le verra. Aussi prend-il son mal en patience et observe-t-il la propriété, en essayant de s'imaginer la vie des occupants. Les minutes s'égrènent sans qu'il n'y décèle un signe de vie. Il émet un bâillement et commence à s'ennuyer ferme. Il hésite à sonner à l'entrée pour avoir confirmation de l'absence des propriétaires quand une silhouette fait son apparition.

Il n'a que le temps de baisser la tête ; une femme qu'il imagine être la compagne de l'homme qu'il recherche se dirige vers la boîte aux lettres pour relever le courrier. Habillée de manière décontractée, elle profite du début de journée ensoleillé pour jardiner, comme le laissent suggérer les bottes qu'elle a enfilées et les gants qu'elle porte à la ceinture. Il va devoir être plus prudent à l'avenir. Dissimulée par la végétation, il ne l'avait pas remarquée. Tandis qu'elle lit une lettre qu'elle vient de récupérer, il l'observe à la dérobée. Brune, elle affiche une mine soucieuse qui n'altère pas le charme de sa maturité. Il a du mal à lui donner un âge tant les années ne semblent avoir de prise sur elle. Vêtue d'un simple jean et d'un blouson, elle ne paraît pas avoir plus de cinquante ans, même s'il la soupçonne d'être un peu plus âgée. Elle pivote à cet instant vers lui, semble croiser son regard, hésite et finalement tourne les talons pour reprendre ses activités de jardinage.

*

L'avantage pour Laurent de résider près de son lieu de travail est qu'il lui permet de manger chez lui le midi. Non pas qu'il n'apprécie pas ses collègues, mais il aime faire une coupure dans la journée. Le fait que sa femme ait pris une préretraite, il y a maintenant un an, lui facilite la tâche. Il rentre, le repas est prêt et il n'a guère plus qu'à s'assoir pour le consommer.

Égoïstement, il ne s'est jamais demandé si Hélène, son épouse, ne souffrait pas d'être ramenée à la seule condition de femme au foyer, alors qu'elle était encore cadre dans la fonction publique quelques mois plus tôt. Il ne s'est d'ailleurs jamais réellement posé la question de savoir quelles étaient ses aspirations. A-t-il même seulement une idée de la façon dont elle occupe ses journées pendant qu'il travaille ? Pour le moment, sa préoccupation est surtout d'essayer de deviner ce que sa femme, fin cordon bleu, lui a cuisiné tandis qu'il se rapproche de son domicile.

Un bip déclenche le portail automatique. Le monospace franchit l'entrée de la propriété. Il est un peu plus de midi. Concentré sur la faim qui le tenaille, Laurent ne remarque pas le conducteur de la Clio, garée sur le trottoir d'en face, qui ne le quitte pas des yeux.

10

La veille, en découvrant le départ de Sidonie, Michel n'a pas été étonné. Il sentait déjà depuis quelque temps une tension entre eux. Il s'était rendu compte que sa compagne était de moins en moins encline à accepter les contraintes du métier de policier, notamment le week-end.

Quand il a lu le mot laissé sur le guéridon de l'entrée, il a mesuré la profondeur du fossé qui s'était creusé entre eux au fil des mois. Il a pensé l'appeler pour lui déclamer son amour et lui promettre des efforts, mais il est entré rapidement dans une torpeur qui a fini par le laisser sans réaction. Il a fini par se convaincre qu'une nuit de sommeil l'aiderait à trouver les mots justes pour tenter de la reconquérir et qu'il fallait mieux attendre le lendemain pour la contacter. Naïvement, il ne désespérait pas qu'elle revienne sur sa décision et décide de rentrer.

Des rêves peuplés de cauchemars ont alterné avec des phases d'éveil. Michel s'est réveillé fatigué, dans un lit trop grand pour lui. Le souvenir de Sidonie est venu alors le happer sitôt qu'il a ouvert les yeux. Déstabilisé, il s'est remis les idées en place avec une douche glacée.

Depuis le début de la matinée, il profite pleinement de sa journée de congé pour essayer sans succès de joindre la jeune femme. Déjà cinq messages qu'il lui laisse sans qu'elle prenne la peine de le rappeler. Il songe bien à la possibilité de se rendre au cabinet d'assurances qui l'emploie pour s'expliquer directement avec elle, mais il doute que cette dernière apprécierait sa démarche et sa tentative de réconciliation risquerait alors de se retourner contre lui.

Désemparé, il ne sait que faire de son temps et attend désespérément une sonnerie qui ne retentit pas. Il fixe son portable, espérant que la seule intensité de son regard déclenchera l'appel de Sidonie. Dans sa détresse, il en veut à son beau-frère de l'avoir accaparé par son inconséquence. Plus il réfléchit à la situation inextricable dans laquelle Ludovic s'est mis, moins il entrevoit une solution pour le sortir du pétrin dans lequel il s'est fourré.

Il avait prévu initialement de se rendre dans les bureaux de la société Toury, mais après son entrevue de la veille avec le fils, il craint que ses initiatives sur son temps libre ne finissent par remonter aux oreilles de sa hiérarchie. Sébastien Toury crierait vite au harcèlement et l'accuserait de lui faire un procès à charge en se trompant de cible. Il lui reprocherait de ne rien mettre en œuvre pour arrêter le responsable de l'état de son père et il n'aurait pas tout à fait tort.

Depuis plusieurs mois, le cadre contraignant de son métier de policier lui pèse. Trop de paperasses et de règles iniques l'empêchent d'aller au bout de ses investigations et protègent des puissants comme ces Toury, qui peuvent avoir recours à la contrainte et menacer des enfants en toute impunité sans être inquiétés. Ludovic n'est pas un saint, mais quand Michel mesure le décalage entre les risques encourus par son beau-frère, pour un geste inconsidéré qui a mal tourné, et les possibilités de condamner les Toury, pour leurs méthodes comparables à celles de mafiosi, il en éprouve une sorte de dégoût pour la justice. S'il veut éloigner les dangers qui pèsent sur le mari d'Émilie, il devra agir en dehors de son travail.

Avec les plaintes et les incivilités en tout genre qui pleuvent sur le commissariat à longueur de journée, lui et ses collègues ne savent plus où donner de la tête. Il sait qu'il y a de fortes probabilités pour que l'incident de samedi n'ait pas de suite et soit attribué à un simple malaise. Si les conclusions des médecins vont dans ce sens, le procureur n'hésitera pas à prendre la décision de classer l'affaire pour ne pas monopoliser plus longtemps des ressources qui pourraient être utiles ailleurs.

Michel est convaincu depuis hier que Sébastien Toury ne l'acceptera pas. Il ne lui faudra alors que quelques jours pour remonter la piste de Ludovic. Le policier pense même qu'il n'attendra pas les conclusions de l'enquête pour entreprendre de mettre un nom sur le coupable.

Et si, avec un peu de chance, son courroux s'orientait vers un autre homme que son beau-frère ? Michel s'en veut de penser cela, mais il se dit qu'au moins ses neveux seraient en sécurité et qu'il pourrait alors se recentrer sur son couple. Enfin, à la condition qu'il arrive à en recoller les morceaux !

Pourquoi à cet instant le visage de Laurent Tillois ressurgit-il dans sa mémoire ? Après tout, c'est bien lui que le garde du corps a vu sortir des toilettes. Cela ne serait donc pas absurde d'envisager que les soupçons de la famille Toury puissent se porter sur lui, mais cela impliquerait alors que le témoignage de ce type, mettant clairement en cause Ludovic, puisse potentiellement refaire surface !

*

Tandis qu'elle relevait le courrier, Hélène a eu la désagréable impression de se sentir observée. En tournant la tête, elle a cru apercevoir un individu la fixer à partir d'une Clio blanche sans en avoir la certitude. Elle a eu un court instant le sentiment qu'un homme se tassait sur le siège conducteur tandis qu'elle essayait de croiser son regard, mais cela n'a pas duré et elle est revenue à son activité de jardinage. Elle avait encore des fleurs à replanter et elle tenait à profiter des derniers rayons du soleil, avant un après-midi annoncé pluvieux. Tout juste sortie d'une grippe qui l'avait clouée au lit plusieurs jours, elle voulait simplement savourer le moment présent.

Mais pour l'heure, alors qu'elle mange sans passion le repas qu'elle a préparé pour son conjoint, Hélène rêve à quelqu'un qui la regarderait en tant que femme et pas seulement en tant que cuisinière et mère. Elle détaille le visage qu'elle a en face d'elle et voit un inconnu qui ingurgite bruyamment les endives au gratin qu'elle a préparées, avec force bruits de mastication.

- Hum, c'est délicieux ma chérie ! Tu les as vraiment bien réussies.

- Oh, tu sais, ce ne sont que des endives et du jambon avec un peu de béchamel. Ah, c'est bien toi, ça ! Tes centres

91

d'intérêt ne tournent toujours qu'autour de ton bien-être. Tu n'as rien d'autre à me dire ? Tu ne t'es même pas aperçu que j'avais mis une nouvelle robe.

- Mais bien sûr que si, je l'avais remarqué. Qu'est-ce que tu crois ?

- Alors pourquoi faut-il que je t'en parle pour te faire réagir ! La vérité est que ces derniers temps, tu ne me vois plus que comme la bonniche de service.

- Mais c'est faux ! Que vas-tu encore t'imaginer ?

En engageant la conversation sur un sujet anodin comme la nourriture, Laurent ne pensait pas voir la discussion déraper. Il perçoit la tension dans la voix de son épouse et s'attend déjà à une réplique cinglante de sa part, pourtant Hélène reste étrangement muette. Elle contemple ostensiblement son assiette, triturant nerveusement les aliments, sans les porter à sa bouche.

Hélène lève ensuite les yeux et observe son homme. Elle se prend à rêver que son mari soit plus démonstratif et plus passionné. Qu'il prenne du temps pour l'écouter et pour essayer de la comprendre et que leurs échanges ne se limitent pas à des platitudes.

C'est d'une voix entrecoupée par les sanglots qu'elle reprend la parole :

- Tu ne ressens donc rien. J'ai l'impression que tu ne me vois plus comme une femme et que tu ne me désires plus. Je fais des efforts pour entretenir mon corps et être séduisante, et tout cela pour qui ? Pour un imbécile qui n'a que de la merde devant les yeux et qui ne pense qu'à s'empiffrer.

Laurent sent que la situation lui échappe et qu'il ne peut rester devant son épouse sans réagir. Avec la révélation qu'il a du temps à rattraper, il prend alors une décision surprenante pour quelqu'un d'aussi prévisible que lui. Il repousse son assiette, saisit son téléphone et appelle son bureau pour prévenir qu'il est souffrant. Il s'approche ensuite d'Hélène, lui prend tendrement la main et l'entraîne dans la chambre.

*

En s'asseyant ce matin-là à son bureau, Ludovic n'a pu que mesurer l'ampleur de la panne à laquelle la banque était confrontée. En l'absence de la clientèle et d'une liaison avec le siège, il erre dans les couloirs telle une âme en peine, tout comme les autres employés.

Une affichette a été accolée à la hâte sur la porte d'entrée afin de prévenir les usagers de la situation. En dépit de l'avertissement, des particuliers s'agglutinent contre la paroi vitrée, tentant en vain de pénétrer dans l'établissement bancaire. Alors qu'il circule dans le hall d'accueil, Ludovic a son regard attiré par une vieille dame, qu'il reconnaît aussitôt comme l'une de ses plus fidèles clientes.

Complètement paniquée, elle essaie avec des grands gestes de capter son attention comme si sa vie en dépendait.

Le chargé de clientèle peut difficilement l'ignorer en feignant de ne pas la voir, aussi décide-t-il de la laisser entrer discrètement par une porte de service. À peine a-t-elle franchi le seuil qu'elle se confond en remerciements.

- Monsieur Sorvier, merci de me recevoir. Vous me sauvez ! Je ne savais pas quoi faire quand j'ai vu que la banque était fermée pour la journée.

- Attendez madame Petit, nous allons nous installer dans ce bureau, nous serons plus à l'aise afin que vous m'expliquiez ce qui vous amène.

- Ah oui, je préfère ! Vous savez, à quatre-vingt-cinq ans, c'est déjà une épreuve de venir jusqu'à votre agence en bus, alors m'asseoir un peu me fera du bien.

- Vous voulez un café ? Le distributeur de café est bien le seul appareil qui fonctionne encore dans cette banque.

- Je veux bien. C'est gentil de me le proposer. Ça me remettra de mes émotions !

- Bon, installez-vous sur ce siège, j'en ai pour une minute.

En allant chercher la boisson chaude, Ludovic se demande encore ce qu'il lui a pris d'accueillir une personne âgée dans un établissement au bord du chaos. Il ne voit pas comment, avec un réseau informatique défaillant, il pourra l'aider, mais il se dit qu'au moins la monotonie de la journée sera rompue. Et puis cela ne lui coûte rien de l'écouter. La vieille dame lui est sympathique et il a réussi au fil des années à établir un climat de confiance avec elle.

- Voilà un café bien chaud. Est-ce que vous désirez du sucre ?

- Non merci, j'ai l'habitude de le boire sans.

- Alors, que puis-je pour vous ?

- Bien, comme vous le savez, je suis veuve depuis quelques mois, et du temps de mon mari, j'avais pris l'habitude de conserver des espèces chez moi. Mon fils est tombé dessus hier par hasard, en m'aidant à ranger les affaires de son père. Il m'a sermonnée et m'a incitée à les apporter sans tarder à la banque. Il m'a dit que c'était beaucoup trop dangereux de les garder à la maison. Alors, j'ai suivi son conseil, j'ai mis tout l'argent dans une grande enveloppe et me voilà ! Vous comprenez, il m'a vraiment fait peur en me racontant les pires horreurs sur des retraités dévalisés chez eux par des individus sans scrupules. Il m'a bien dit qu'il pouvait m'accompagner mercredi, mais il m'a tellement secouée avec ses histoires, que j'ai pris sur moi de venir dès aujourd'hui. Il ne sera pas content que je sois venue vous voir seule, mais tant pis !

- Je vous comprends et il a bien fait de vous mettre en garde contre les dangers de conserver de l'argent liquide chez soi. Mais comme vous le savez, notre système informatique est en panne aujourd'hui, alors je peux prendre vos espèces et vous faire un reçu, mais le montant ne sera enregistré que demain sur votre compte. De quelle somme s'agit-il et sur quel support désirez-vous faire le dépôt ?

95

- Je voudrais faire le versement sur mon compte. Tenez, j'ai noté là son numéro, lui dit-elle en lui tendant un morceau de papier.

- Ah je vois, c'est le numéro d'un compte sur livret. Pas de problème ! Et quel est le montant de ce versement ?

- Voilà l'enveloppe ! Mes yeux ne sont plus aussi bons qu'avant et vous savez, moi avec les euros, j'ai un peu de mal, alors je vous laisse compter !

- Merci de votre confiance ! Veuillez m'excuser par avance, mais aujourd'hui avec les soucis que nous avons, je vais être obligé de compter manuellement votre argent, sans l'assistance d'une compteuse de billets comme c'est normalement l'usage.

- Je vous en prie. Faites pour le mieux !

En prenant l'enveloppe kraft, plus épaisse qu'il ne s'y attendait, Ludovic sait déjà que sa vie vient de basculer. Une occasion pareille ne se renouvellera pas avant longtemps. Il saisit la liasse de billets à l'intérieur et commence à les compter un par un.

En découvrant la somme que la vieille dame s'apprête à placer, son pouls s'accélère. La tentation s'avère trop forte et il ne peut s'empêcher d'annoncer à madame Petit un montant très différent de celui qu'il a entre les mains !

11

Quand son époux lui a pris la main pour l'emmener dans la chambre à l'étage, Hélène a été agréablement surprise et toute la tension, accumulée au cours des dernières heures, a fini par disparaître.

Elle s'en veut d'être aussi faible. Mais quand son mari y met les formes, elle ne sait rien lui refuser.

Rassasiée par leurs ébats, elle gît alanguie sur le lit, la tête appuyée au creux de l'épaule de Laurent. Elle sait que le moment qu'ils viennent de passer ne contribue qu'à retarder la nécessité d'une discussion qu'ils ne pourront plus longtemps éviter.

Elle attendait sa retraite avec impatience et imaginait tout ce qu'elle allait pouvoir accomplir durant des journées libérées de toutes contraintes. Mais elle ne peut que constater qu'elle s'ennuie. Elle espérait pouvoir profiter de ses petits-enfants et elle s'aperçoit qu'elle les voit toujours aussi peu. Quelquefois le mercredi, en général le week-end, mais en définitive pas assez à son goût. C'est pourquoi elle meuble son temps libre comme elle le peut. Elle jardine quand le temps le permet. Elle bricole un peu. Elle a même essayé d'intégrer une association venant en aide aux plus démunis, mais en a vite été dégoûtée par des guéguerres entre chefs autoproclamés qui l'ont conduite à prendre ses distances.

Alors elle aimerait que son mari l'épaule davantage et qu'il réalise qu'elle ne va pas bien. Qu'il se rende compte à quel point elle se sent inutile, avec cette désagréable impression d'avancer sans but. Pourtant, malgré les signaux répétés qu'elle lui envoie, Laurent persiste à ne rien voir et elle a le sentiment qu'ils ont perdu cette tendre complicité qui constituait auparavant le ciment de leur couple. Cette connexion si particulière qu'ils avaient réussi à établir et qui leur permettait d'arriver à se comprendre sans se parler.

Sentant les larmes lui monter aux yeux, elle se dégage de l'étreinte de son mari et quitte le lit pour éviter qu'il ne remarque son désarroi. Elle aimerait prolonger l'instant, mais elle sent une boule d'angoisse grossir en elle qui menace de la submerger. Indifférente à sa nudité, elle se dirige vers la fenêtre, déplace légèrement le rideau de la main et observe la rue avec mélancolie. Elle rêve à tous ces voyages qu'ils projettent et ne réalisent pas. Son regard glisse sur la maison en face de la sienne et s'arrête sur la Clio blanche qui est demeurée à la même place. Elle a déjà vu cette voiture. Elle distingue un homme derrière le volant, occupé à manger un sandwich, la tête tournée dans sa direction. Elle n'avait donc pas rêvé : ce matin, quelqu'un l'épiait bel et bien.

- Chéri, viens voir ! Toi qui aimes les complots, cela devrait t'intéresser. Depuis ce matin, il y a un type dans une voiture devant chez nous qui manifestement observe notre maison. Tu ne penses pas que cela pourrait être un cambrioleur en train de repérer les lieux ?

En entendant sa femme, Laurent se lève d'un bond et la rejoint. Moins discret que son épouse, il ne peut s'empêcher d'écarter brutalement le voilage pour tenter de distinguer le visage de l'individu qui a retenu l'attention d'Hélène.

- Tu as raison et il ne s'en cache même pas ! Cela ne va pas se passer comme ça. Je m'habille et je descends lui montrer de quel bois je me chauffe !

- Euh, sois prudent ! Tu ne sais pas à qui tu as affaire. Il peut être dangereux.

Mais son mari ne l'écoute déjà plus. Après avoir enfilé à la hâte un pantalon et revêtu un vieux tee-shirt, il dévale l'escalier, attrape un blouson au passage et se précipite au dehors avec de simples chaussons. En un temps record, il parvient à la Clio et frappe violemment le pare-brise pour intimer l'ordre au conducteur d'en sortir.

Anthony est surpris par la réaction. Il ne pensait pas entrer aussi vite en contact avec Laurent Tillois. Il n'a pas été suffisamment discret et il a été repéré. Tant pis, la première rencontre avec sa cible aura simplement été plus rapide que prévue.

Il ouvre la portière du véhicule et se retrouve face à face avec Laurent, qui en reconnaissant le garde du corps, ne peut retenir une exclamation.

- Mais, ce n'est pas la première fois que je vous vois ! Attendez que je me souvienne… C'était… Je sais ! Vous étiez au stade samedi et vous attendiez quelqu'un devant l'entrée des toilettes peu de temps avant que ne débute la mi-temps !

- Oui, en effet ! Vous avez une bonne mémoire. Mais rassurez-vous, je peux vous expliquer ma présence devant chez vous.

Et sur ces mots, Anthony entreprend d'appliquer le plan qu'il a mis sur pied durant le week-end.

*

L'après-midi est déjà entamé et Michel n'a toujours pas réussi à s'expliquer avec Sidonie. En désespoir de cause, il a concentré son attention sur Laurent Tillois. Il anticipe un risque de voir ce dernier se transformer rapidement en coupable idéal aux yeux du clan Toury. Une position qui serait potentiellement dangereuse au vu de la personnalité des membres de la famille. Il doit parvenir à le mettre en garde d'une façon ou d'une autre.

Michel est convaincu qu'il doit agir en dehors des heures de travail, pourtant il hésite à prendre contact directement avec Laurent Tillois. À quel titre le ferait-il ? D'autant que celui-ci ne manquerait pas de faire allusion à la déposition qui dort toujours dans un tiroir du commissariat. Non, il doit procéder autrement. Pourtant, il a beau retourner le problème dans tous les sens, il ne parvient pas à trouver une solution. Il maudit son beau-frère de l'avoir placé dans une situation aussi inconfortable !

Michel est interrompu dans ses pensées par la sonnerie de son portable. À la tonalité, il sait déjà que ce n'est pas sa compagne. Un regard sur l'écran lui révèle le nom de son correspondant : Ludovic. Il ne manquait plus que lui !

En prenant la communication, le policier appréhende le motif de l'appel, se demandant ce que celui-ci va encore lui annoncer. C'est donc d'une voix plus sèche qu'il entame la conversation.

- Salut Ludovic, qu'est-ce qu'il y a ? Ne me dis pas que tu as encore agressé quelqu'un ?

- Épargne-moi tes sarcasmes, je n'ai pas le cœur à rire. Émilie est partie avec les enfants !

- Comment ça, partie ?

- Quand je suis rentré du travail, la maison était vide. Elle avait embarqué ses affaires et celles des enfants. J'ai essayé plusieurs fois de la joindre mais elle ne répond pas. Alors, je t'appelais au cas où tu serais au courant de quelque chose ?

Michel n'a pas envie de lui parler de ses propres déboires conjugaux mais il pense immédiatement à la loi des séries. Il ravale ses sarcasmes et se retient avec peine de lui asséner un « bienvenue au club ».

- Non, elle ne m'a rien dit. Tu me l'apprends ! Tu as essayé de contacter ses amies ou mes parents ?

- Tu penses bien que c'est la première chose que j'ai faite, mais ses deux meilleures amies ne sont au courant de rien et tes parents sont injoignables !

- Écoute, je ne vois pas comment je pourrais t'aider. Je pense qu'elle ne va pas tarder à t'appeler. C'est peut-être simplement une réaction de mauvaise humeur de sa part. Elle a dû être excédée par la situation dans laquelle tu les as placés, elle et les enfants ? Elle a vraisemblablement voulu éloigner temporairement Jules et Coline pour les protéger !

- Mais c'est stupide ! La banque a fermé beaucoup plus tôt que d'habitude - une des conséquences de l'orage de cette nuit - ce qui m'a permis de passer à la société des Toury avant de rentrer. J'ai réglé mes échéances en retard. Un ami m'avait emprunté une grosse somme et il me l'a remboursée. Je n'ai donc plus d'arriérés de paiement avec ce fumier. Cela veut dire également que les enfants ne craignent plus rien dans l'immédiat. Et maintenant, pour peu que la thèse du malaise que tu as évoquée soit retenue, l'épisode de samedi peut quasiment être considéré comme de l'histoire ancienne ! Tu ne comprends donc pas ? Tout s'arrange ! Elle n'a plus aucune raison de me quitter. Il faut que je la contacte au plus vite pour le lui dire.

- Euh ! Je crois que tu vas un peu vite en besogne. Je te signale que, pour l'heure, l'affaire est toujours en cours d'instruction !

- J'ai confiance en toi pour trouver une solution. Je suis persuadé que tout cela sera bientôt terminé. Bon, je te laisse, je ne veux pas occuper plus longtemps la ligne au cas où elle essaierait de me joindre, tiens-moi au courant si Émilie te donne de ses nouvelles. Et si c'est le cas, dis-lui que je regrette et explique-lui la situation. Je l'aime, tu sais !

- D'accord, mais…

Et avant que son interlocuteur ne puisse ajouter quelque chose d'autre, le jeune homme raccroche.

Un sentiment de malaise s'empare de Michel que les explications de son beau-frère n'ont pas convaincu. Il ne croit pas une seule seconde à l'ami providentiel et il a l'intuition que Ludovic lui cache l'origine des fonds miraculeux. Pour un peu, il approuverait sa sœur d'avoir pris ses distances avec son mari car il en a la certitude, ce dernier n'a pas retenu la leçon du week-end et il continue à s'enfoncer !

*

L'examen des dossiers litigieux en cours n'a rien donné. Il y a bien un Ludovic Sorvier avec lequel son père a dû recourir à l'intimidation mais le procédé a semble-t-il été efficace : il y a moins d'une heure, les retards de paiement ont été régularisés.

En désespoir de cause, le fils Toury se résout à placer tous ses espoirs sur Anthony. Ce dernier a l'air d'être sûr de son fait, alors pourquoi pas !

Quinze heures, Sébastien prévoit de faire un crochet par l'hôpital de Lens. Même si le médecin de garde lui a indiqué que l'état de son paternel était stationnaire, il tient à le vérifier sur place.

À son arrivée, il se dirige directement vers le service des soins intensifs. Le box vitré attribué à Christian Toury est proche de l'entrée. Il n'a donc que quelques pas à faire pour se retrouver face à son père, dans un espace de taille réduite où le lit occupe une place prépondérante. Sous assistance respiratoire, ce dernier ne paraît pas souffrir et donne l'impression d'être plongé dans un sommeil artificiel.

Sébastien est très vite hypnotisé par les constantes vitales affichées sur les écrans de contrôle et met ainsi quelques secondes à remarquer le changement dans l'état de santé de l'homme d'affaires : d'abord un mouvement imperceptible de l'index, puis une légère contraction des sourcils et enfin l'ouverture progressive des paupières. Le fils n'ose respirer de peur d'interrompre la phase de réveil. Pourtant, quand son regard croise celui étonné de son père, Sébastien doit se rendre à l'évidence : son paternel est sorti du coma…

12

Anthony a passé le début de l'après-midi à boire du café, confortablement installé sur le canapé des Tillois. Il a conversé un peu avec Hélène et beaucoup avec Laurent.

Il a pu tout expliquer : l'impression qu'il a donnée de les guetter ainsi que la méthode qu'il a utilisée pour localiser leur maison, même si, sur ce dernier point, il a un peu pris ses distances avec la réalité, car expliquer sa présence en face de leur domicile a été délicat. Heureusement que le capitaine Delattre a été à son insu d'un précieux secours !

Le garde du corps a vendu aux époux Tillois un passage au commissariat, pour connaître l'état d'avancement de l'enquête, qui lui a permis d'obtenir l'adresse. Bon, il est vrai que son explication a été un peu nébuleuse. Il a dû légèrement déformer la vérité. Il leur a raconté que le capitaine avait identifié, grâce à une caméra de surveillance du stade, un spectateur qui pouvait potentiellement avoir vu quelque chose. Il s'est avéré que le visage filmé correspondait à la personne qu'Anthony avait aperçue à l'entrée des toilettes, à savoir Laurent Tillois, d'où son désir de le rencontrer.

Ces pauvres naïfs ne se sont même pas étonnés que la police ait transmis aussi facilement leurs coordonnées. Enfin il était normal, qu'au nom de Christian Toury, il veuille prendre la peine de les rassurer : non finalement, ce n'était pas une agression, mais le simple malaise vagal d'un homme qui ne s'économise pas. En plus, il y a de grandes probabilités pour que son patron finisse par se rétablir. Eh oui ! Il a attendu devant leur habitation un certain temps, mais il n'avait rien de spécial à faire, et il voulait s'assurer que Laurent était chez lui avant de frapper à leur porte. Et puis il hésitait à les déranger à l'heure du repas. Il est également désolé d'avoir inquiété Hélène, en donnant l'impression d'observer la maison.

Avec du recul, il se dit qu'il s'est vraiment bien débrouillé. Les Tillois n'y ont vu que du feu et n'ont rien deviné de ses intentions véritables. Quant à son hôte, qui à n'en point douter a assommé son employeur, il ne pouvait que se sentir soulagé par la tournure des événements.

Ce n'est quand même pas rien de passer d'un coup de baguette magique du statut de coupable d'une tentative d'homicide au rang de simple témoin d'une perte de connaissance qui ne laissera pas de séquelles.

En apprenant que le quinquagénaire avait fait de son côté la démarche de se rendre au commissariat, Anthony n'a pu masquer son admiration : c'était très fort de sa part de prendre l'initiative de témoigner pour écarter les soupçons ! Il est d'accord avec Laurent sur le fait qu'il est étonnant que le policier n'ait pas mentionné la caméra de surveillance quand il l'a rencontré.

L'homme de main est conscient de marcher sur des œufs. Il a anticipé le classement sans suite du dossier, désormais plus que probable, ainsi que la sortie du coma de Christian Toury.

Son idée de se rendre chez un individu pour lui donner des nouvelles d'une personne qu'il ne connaît pas, est également un peu tirée par les cheveux, mais pour mettre en confiance un agresseur, ne faut-il pas avant tout le rassurer sur le peu de chances qu'il a d'être poursuivi ?

Finalement, tout s'est parfaitement goupillé. Ce pourri a même eu l'audace de s'inquiéter de la situation de son boss. Si cela n'est pas le plus haut degré de l'hypocrisie ! Il doit lui reconnaître des talents de comédien. Pour un peu, il aurait cru en sa sincérité !

Face à cet individu qui joue la carte du pauvre type, Anthony s'interroge toujours sur le mobile. Il s'est renseigné. Laurent Tillois ne fait pas partie des clients de l'homme d'affaires, alors pour quelle raison aurait-il agressé celui-ci ? Bah, il aura bien le temps de le découvrir par la suite.

Après s'être inventé une vie et découvert des passions communes avec son hôte, le garde du corps feint de ne pas vouloir profiter davantage de l'hospitalité des Tillois et prend congé.

Sous prétexte d'aider à réparer une porte, il a déjà pris mercredi soir rendez-vous avec sa cible, ce qui lui laissera encore deux jours pour trouver un moyen d'obliger cette ordure à se dévoiler. Car pour savourer sa vengeance, l'homme de main est prêt à patienter encore un peu !

Il vient à peine de reprendre le chemin de son habitation que son portable résonne. *« I will survive »*, la sonnerie personnalisée associée à Sébastien Toury. Qu'est-ce que ce dernier peut bien lui vouloir ? Pourvu que…

Ses premières paroles rassurent Anthony. Christian Toury est sorti du coma. Il n'a pas encore prononcé un mot, mais les médecins sont confiants : le patient sera bientôt capable de s'exprimer !

*

Leur visiteur a tout juste franchi le seuil de la maison qu'Hélène explose devant la candeur incommensurable de son mari.

- Et tu le crois ? Tu ne considères pas ça bizarre qu'il ait voulu te rencontrer pour te rassurer, simplement parce que tu aurais pu être témoin d'un incident survenu à son patron ? Il nous guette pendant au minimum trois heures - car ce n'est pas une illusion que j'ai eue, il nous guettait bel et bien. Tout ça, pour nous dire : « Ah oui, au fait, ne vous inquiétez pas ! Si vous pensez que quelque chose de bizarre a pu se passer au stade, il n'en est rien. Ce n'était qu'une simple coïncidence. Vous avez cru que quelqu'un se faisait agresser, mais soyez tranquillisés, il ne s'agissait que d'un malaise ». J'ai eu le sentiment que tu gobais tout ce qu'il te disait. Pour quelqu'un comme toi, qui vois des complots partout, j'ai quand même trouvé ton attitude pour le moins curieuse.

- Je ne comprends pas ta réaction ! Je l'ai plutôt jugé sympathique et puis c'était gentil de sa part, si le capitaine Delattre a évoqué devant lui mon témoignage, de souhaiter me remercier d'avoir fait la démarche.

- J'ai plutôt cru qu'il découvrait que tu avais fait une déposition au commissariat. Pour moi, avant que tu lui en parles, il l'ignorait ! Et puis si son patron n'est pas encore sorti du coma, je suis surprise que la police ait déjà classé l'affaire ! Et enfin, tu crois vraiment qu'un policier communique l'adresse d'un témoin au tout-venant ?

- Je t'assure que tu te fais des idées. Il m'a même proposé de l'aide pour réparer la porte de la cave. Tu ne crois quand même pas qu'il se serait donné ce mal s'il était malintentionné à notre égard. Non, je le crois sincère et il me plaît. J'ai bien envie de le croire et de lui faire confiance !

- Comme tu voudras, cependant je t'aurai prévenu !

- Ne t'en fais pas, je gère ! Mais nous ne sommes qu'au milieu de l'après-midi, ne pourrions-nous pas en profiter pour terminer ce que nous avons commencé tout à l'heure ?

*

Sitôt son mari parti au travail, Émilie s'est empressée de réveiller les enfants. Comme elle s'y attendait, ils ont tous les deux modérément apprécié de devoir se lever une demi-heure plus tôt. Aussi leur maman a commencé par leur expliquer, brièvement, qu'ils allaient passer la semaine à venir, puis les congés, chez leurs grands-parents et qu'ils devaient se dépêcher pour pouvoir prendre la route au plus vite.

Des cris de joie ont accueilli les paroles de leur mère. Jules, du haut de ses six ans, n'a pourtant pas pu s'empêcher de demander pourquoi papa ne venait pas avec eux, alors que Coline s'est surtout préoccupée de devoir manquer l'école.

Émilie n'avait pas envie de rentrer dans des explications trop détaillées, aussi est-elle restée évasive pour leur répondre. Elle a évité des questions trop incisives, en proposant un petit-déjeuner festif à base de crêpes, jus de fruits et chocolat. Bon, elle n'a pas eu le temps de les préparer elle-même, elle s'est contentée de réchauffer un produit acheté dans le commerce, mais les enfants n'y ont vu que du feu. « Maman tu te trompes, on n'est pas dimanche ! » s'est une nouvelle fois étonné Jules. La vue d'une crêpe fumante, recouverte de pâte à tartiner, a suffi à le rassurer.

Les préparatifs du voyage ont ensuite été expédiés dans la fébrilité, et une bonne heure plus tard, les bagages étaient entassés à la hâte dans la voiture en vue du grand départ. Peu après, tous les trois quittaient la maison sur laquelle le couple avait bâti tant d'espoir. Émilie venait de tirer un trait sur une partie de sa vie.

Dix-huit heures. La route tire à sa fin. La maison d'enfance n'est plus très éloignée. Un dernier virage et la demeure familiale apparaît au centre d'un vaste jardin.

Leur mère a tout juste immobilisé la voiture que Jules et Coline ont déjà détaché leur ceinture de sécurité. Ils embrassent rapidement leurs aïeuls, qui manifestement guettaient leur arrivée, et s'élancent vers la pelouse qui entoure l'habitation. Des cris et des rires ne mettent pas longtemps à retentir, ce qu'Émilie tente de mettre à profit pour clarifier la situation avec ses parents. Elle est devancée par Monique, sa maman, qui n'en peut plus d'attendre des réponses aux questions qui se bousculent dans sa tête, depuis que sa fille a annoncé qu'elle se séparait de Ludovic.

- Alors tu l'as vraiment quitté ?

- Oui ! Il s'est encore mis dans une situation pas possible, et cette fois, il est allé trop loin !

- Tu as bien fait ! Ton père et moi, on s'est toujours dit que ce n'était pas quelqu'un pour toi !

- Ah non, tu ne vas pas recommencer ! Que tu le veuilles ou non, c'est quand même le père de mes enfants et il n'a pas toujours été comme ça.

- Oui ma chérie, tu as raison ! Mais que comptes-tu faire maintenant ?

- Euh, je peux dire quelque chose, interrompt Daniel le paternel, jusque-là resté muet.

- Oui, Papa ! Vas-y. Je sens que ça te démange.

- Je ne sais pas ce que Ludovic a bien pu faire pour que tu prennes une décision aussi radicale, et cela ne me regarde pas, mais as-tu songé aux conséquences pour les enfants ? Tu vas devoir les changer d'école. Ils vont perdre leurs copains et leurs copines et ils vont devoir intégrer une nouvelle classe en cours d'année. Tu ne pouvais pas différer ta décision et attendre la fin de l'année scolaire ?

- Écoute, Papa ! Je ne suis plus une petite fille, et si j'ai pris cette décision aussi vite, c'est qu'elle ne pouvait pas attendre ! De toute manière, je n'ai pas l'intention de vous embêter longtemps. Dès demain, je vais essayer de trouver un logement et je m'arrangerai ensuite pour faire descendre le reste de mes affaires avec quelques meubles.

- Comment a-t-il réagi ? Tu sais, il a appelé à plusieurs reprises aujourd'hui mais nous n'avons pas décroché. Nous voulions savoir d'abord ce que tu lui avais dit pour expliquer ton départ ! intervient Monique sentant que la discussion est sur le point de tourner au vinaigre.

- Euh, pour être franche, je ne lui ai encore rien dit ! Mais vu les nombreux messages qu'il a laissés sur mon portable, je crois qu'il est au courant, d'autant plus s'il a déjà tenté de vous joindre plusieurs fois, finit par admettre Émilie, consciente que son aveu va provoquer une nouvelle réaction de son paternel.

- Et ton frère, qu'en pense-t-il ? Tu l'as mis au courant j'espère ? reprend Daniel, déçu par l'attitude cavalière de sa fille.

- Non plus ! J'avais l'intention de le prévenir dès ce soir. Bah, comme je connais Ludo, il a dû le contacter pour essayer d'avoir des infos. Je suis d'ailleurs étonnée de ne pas avoir eu au moins un message de Michel !

- Essaie quand même d'appeler ton mari pour t'expliquer avec lui ! Quoi qu'il ait fait, c'est quand même le père de tes enfants. Tu vas bien devoir lui parler à un moment, ne serait-ce que pour vous mettre d'accord sur les termes de votre séparation. Tu m'entends ?

Mais Émilie n'écoute déjà plus. Même si elle est certaine d'avoir pris la bonne décision, elle sait que le plus dur reste à venir. Ludo va la harceler et elle devra se montrer forte. Il ne mettra pas longtemps à apprendre qu'elle a fui chez ses parents. Ne manquerait plus alors qu'il débarque chez eux, la bouche en cœur avec ses problèmes, et qu'il mette à nouveau la vie des enfants en danger !

13

La soirée est déjà bien avancée quand Michel parvient enfin à échanger quelques mots avec Sidonie. Il a remisé temporairement les problèmes conjugaux de sa sœur dans un coin de son esprit, pour se consacrer égoïstement à celle qui occupe toujours une place privilégiée dans son cœur.

Il se doute pourtant qu'Émilie attend un appel de sa part pour connaître la réaction de Ludovic. Mais ce soir, il en a marre de son beau-frère et de ses embrouilles à répétition et il n'a qu'une envie : renouer les liens avec celle qui partageait encore sa vie la veille !

Son corps d'athlète ne l'a pas préparé à la conversation qu'il s'apprête à avoir avec Sidonie, et c'est d'une voix mal assurée, en dépit de sa corpulence, qu'il engage une conversation décisive pour l'avenir de son couple :

- Euh, c'est moi. J'ai essayé de te joindre plusieurs fois depuis hier et je t'ai même laissé des messages. Je voulais te dire à quel point que tu me manques !

- J'ai vu tes messages mais j'ai besoin de prendre du recul. Je n'ai pas l'impression que tu t'en sois aperçu mais notre relation est dans une impasse. J'en ai marre d'être dans l'attente en permanence. Je n'ai plus envie de remettre continuellement nos sorties et de prendre l'habitude de passer systématiquement mes soirées seule ou avec des copines. Nous ne nous voyons plus que par intermittence. Je partage le quotidien d'un fantôme ! Je connaissais les risques en prenant la décision de vivre avec un policier, mais je ne pensais pas que cela serait aussi pesant !

Michel écoute sans dire un mot la tirade de Sidonie et se rend compte combien il a sous-estimé la détresse de celle qui partage sa vie. Comment a-t-il pu être aveugle à ce point ? Il aurait dû percevoir les changements d'humeur de sa compagne et faire des efforts. Mais ces derniers mois, entre les astreintes toujours plus fréquentes et les dépassements d'horaire, il n'a pas pu consacrer autant de temps qu'il l'aurait souhaité à son couple. Il en paie maintenant le prix.

- S'il te plaît, écoute ce que j'ai à te dire ! Je suis conscient de ne pas avoir été disponible depuis ma mutation de Roubaix et Lens n'est assurément pas la ville dont tu rêvais pour démarrer notre vie de couple sous un même toit. Mais j'ai réfléchi, je suis prêt à m'investir pour que nous retrouvions la complicité des débuts. Je sais que tu vas encore te dire que ce ne sont que des promesses qui resteront au stade des intentions. Mais pas cette fois, il faut me croire ! Ludovic s'est mis dans une situation pas possible et j'ai dû me compromettre au travail pour lui venir en aide.

- Que vient-il faire dans notre histoire celui-là ? C'est quoi le rapport avec nous ?

En entendant Sidonie évoquer leur histoire et utiliser le « nous » pour parler d'eux, Michel a un pincement au cœur et reprend espoir. Tout n'est peut-être pas fini entre eux deux. La voix un peu plus assurée, il entreprend d'exposer à celle qui occupe ses pensées l'idée qui lui est venue la veille.

- Normalement je n'ai pas le droit de t'en parler, mais comme il s'agit de mon beau-frère, je vais faire une exception. En bref, pour éviter que Ludovic ne se retrouve mis en examen, j'ai été contraint d'enterrer un témoignage. Je n'en suis pas fier, d'autant que maintenant un innocent va selon toute vraisemblance en payer le prix. Ce qui m'amène à me demander de plus en plus si je suis réellement fait pour le métier de policier. Trop de paperasses, de contraintes, de réglementations absurdes, et puis tout ce temps loin de toi. J'ai l'impression de gâcher ma vie. Alors voilà, je pense sérieusement à démissionner et à postuler pour devenir responsable de la sécurité au sein d'une entreprise. Cela me permettra d'avoir des horaires plus souples et de pouvoir enfin profiter des week-ends avec toi, sans crainte d'être rappelé à tout moment.

- Tu ferais ça ? questionne incrédule Sidonie, qui avait toujours considéré que Michel exerçait son métier comme un véritable sacerdoce. Et qu'a donc pu commettre Ludovic pour t'amener à prendre une décision aussi radicale ?

- Oh, j'y pensais déjà depuis un moment ! Ton départ soudain a été le véritable élément déclencheur. Et pour répondre à ta question, ce crétin n'a rien trouvé de mieux que d'agresser une personnalité locale pour une histoire d'argent. Un certain Christian Toury qui, soit dit en passant, a l'air d'être une sacrée crapule.

- Ah, mais je le connais ! Ma société assure une flotte de véhicules de luxe pour son compte. Il en a une petite dizaine et c'est moi qui me suis occupée du contrat ! J'ai même dû me rendre chez lui pour finaliser le dossier et obtenir sa signature.

En mettant fin à la communication quelques instants plus tard, Michel est soulagé. Sidonie est prête à donner une seconde chance à leur relation. Même si elle ne lui a pas dit clairement, il l'a senti à l'émotion contenue dans sa voix. Il a même cru entendre un « *moi aussi* » chuchoté quand il a terminé leur conversation par un « *Je t'aime* ». S'il le faut, ils retourneront à Lille. Il trouvera un poste de responsable de la sécurité d'autant plus facilement sur la métropole Lilloise.

Il lui reste à s'assurer que Laurent Tillois ne fera pas l'objet de représailles de la part du clan, et surtout demain, à recueillir le témoignage de la victime désormais sorti du coma. Car c'est la mauvaise nouvelle qui lui est parvenue en fin de journée. L'homme d'affaires est en état d'être interrogé et le policier tremble à l'idée de ce qu'il a pu voir ou entendre.

*

Du côté de Ludovic, la situation ne s'arrange pas. Il a eu brièvement sa femme au téléphone. La discussion a été houleuse et elle n'a rien voulu entendre. Elle a pris la décision de le quitter et elle ne reviendra pas dessus.

Le jeune père est désespéré. Il pensait que tout allait se régler, maintenant qu'il avait trouvé une solution pour éloigner temporairement les menaces qui planaient sur les enfants. Mais Émilie l'a à peine écouté. « Tu es un menteur compulsif. Tu ne changeras jamais ! » lui a-t-elle asséné avant de couper court à la communication.

Seul chez lui dans la maison vide, Ludovic se lamente sur son sort. Il sait au fond de lui-même que son épouse n'a pas tort. Il a accumulé les erreurs et ce n'est pas à distance qu'il va pouvoir régler ses soucis conjugaux. Et dire qu'en plus, il n'a même pas évoqué le détournement de fonds auquel il s'est prêté ! Si Émilie l'apprenait, il ne se fait pas d'illusions, ses maigres possibilités de rétablir la situation s'envoleraient pour de bon.

Ludovic est lucide, le procédé discutable auquel il a recouru est une solution temporaire qui ne résout qu'une partie du problème. Les prochaines échéances risquent de déclencher de nouveau la colère de son créancier.

Sur ce coup-là, il a eu de la chance et il ne voit pas comment la vieille madame Petit pourrait déceler la commission personnelle qu'il a indûment prélevée. Une veine pareille ne se reproduira pas. Il va devoir trouver un autre moyen pour se procurer de l'argent.

Inutile de songer à ses potes : ils le fuient dès qu'il aborde ses ennuis pécuniaires. Avec le temps, ils ont trop appris à le connaître. Il a également honte de demander quoi que ce soit à son père dont il n'est pas très proche. Quant à sa sœur Sandra, il est toujours en désaccord avec elle sur la vente de la maison familiale et il y a peu de chance qu'elle prête une oreille attentive à ses difficultés financières.

Ludovic a deviné où est Émilie. Il a entendu son beau-père Daniel parler derrière elle quand il tentait de faire comprendre à son épouse à quel point il regrettait son comportement. Il sait dans l'immédiat ce qu'il doit faire. La reconquérir est devenu la priorité. Il va se rendre chez ses beaux-parents et il parlera directement à sa femme. Elle lira dans son regard combien il est en train de changer et ne pourra que lui pardonner. Il n'en doute pas.

Il préviendra son travail demain qu'il ne se sent pas bien. Il profitera alors de son déplacement pour avoir une discussion avec son riche beau-père à l'insu d'Émilie. Celui-ci sera trop heureux de pouvoir aider le jeune ménage à repartir sur de nouvelles bases. Les rapports avec sa fille ont toujours été tendus et Daniel sera soulagé qu'elle ne prolonge pas trop son séjour chez eux !

*

Anthony est chez lui, assis sur le canapé du salon. Sa femme est allongée, la tête appuyée nonchalamment sur ses cuisses. Tous deux sont détendus. Les enfants dorment dans leur chambre et ils mettent à profit cette fin de journée pour regarder à la télévision un film d'action déjà maintes fois diffusé.

Le garde du corps observe distraitement Bruce Willis enchaîner les morceaux de bravoure. Ah si la réalité pouvait être aussi simple ! Prendre des coups et se relever, au pire en grimaçant, puis repartir comme si de rien n'était. Continuer à éliminer un par un les méchants, dans le cas présent des terroristes, et finir la mission avec l'ultime confrontation :

119

celle avec le chef de tout ce beau monde, facilement identifiable par ses rictus et sa faculté incroyable à prendre les décisions qui le mèneront irrémédiablement à sa perte.

Le monde où évolue Anthony est plus prosaïque mais cela ne l'empêche pas d'être serein. Son plan est en train de se mettre en place. Le contact avec Laurent Tillois est établi. Il ne lui reste plus qu'à gagner sa confiance pour pouvoir passer à la phase suivante. A priori, cela semble bien parti. Il doit déjà le revoir mercredi pour l'aider à réparer une porte. Ce crétin ne se doute de rien. Tant mieux ! Il a bien senti l'épouse sur la réserve, néanmoins cela ne devrait pas poser de problèmes. Seul le mari l'intéresse.

Quel hypocrite ce type ! Il a feint n'être que le témoin indirect de la violente agression dont son patron a fait l'objet. Pourtant Anthony n'est pas dupe. Il a bien identifié celui qui a plongé Christian Toury dans le coma.

Le jeune homme veut maintenant savourer sa vengeance. Quand il aura établi une relation amicale avec ce fumier, il s'arrangera pour provoquer un accident domestique.

Un malencontreux accident destiné à causer une infirmité irréversible, afin que Laurent Tillois paie pour la lâcheté de son acte !

14

Toute la nuit, Michel a rêvé du retour inopiné de Sidonie. Elle se serait glissée dans les draps. Ils auraient fait l'amour avec passion et retrouvé la complicité des débuts. Pourtant, alors que le soleil commence à se lever en diffusant ses premières lueurs à travers les volets, il ne peut que constater l'absence de celle qui partageait encore sa vie, il y a peu. Sa place dans le lit est demeurée désespérément vide.

Même si la jeune femme lui a laissé l'espoir d'une réconciliation, elle n'est pas prête à tourner la page aussi rapidement, et visiblement elle attend de Michel autre chose que des mots. Elle souhaite des preuves concrètes qui démontreraient le désir de changement évoqué par son compagnon. Qu'à cela ne tienne, il va entamer les démarches pour trouver un nouveau travail dès aujourd'hui. Sidonie ne pourra alors que reconnaître sa bonne volonté.

Pour l'instant, sa première préoccupation est de savoir comment il va bien pouvoir alerter Laurent Tillois sur le risque potentiel qui le guette. Jusqu'à la preuve du contraire, il est toujours un officier assermenté et ce statut lui impose un certain nombre de règles dont il ne peut s'affranchir aussi facilement. Michel voit mal quel prétexte il pourrait utiliser pour se rendre au domicile de l'homme.

À bien y songer, l'entrevue qu'il doit avoir à l'hôpital dans la matinée avec Christian Toury pourrait lui en fournir l'occasion. Il en redoute cependant l'issue.

Alors que le procureur s'apprête à classer l'affaire, le souvenir, même diffus, d'un coup sur la tête pourrait donner une nouvelle orientation à l'enquête et remettre en lumière le témoignage de Laurent Tillois. Témoignage que le policier n'a toujours pas relayé auprès de sa hiérarchie !

Michel en arrive à se demander s'il doit encore protéger son beau-frère. Celui-ci est indécrottable et la résolution de sa sœur de se séparer du père de ses enfants change la donne. Comme il connaît Émilie, il y a peu de risque qu'elle revienne sur une décision qu'il soupçonne être mûrement réfléchie. Il ne lui donne pas tort. Ludovic lui a toujours paru d'une immaturité maladive et son addiction aux jeux ne plaide pas en sa faveur. Ah, si seulement celui-ci n'était pas le père d'un neveu et d'une nièce que Michel chérit par-dessus tout, le dilemme ne serait pas aussi cornélien !

Il lui reste une heure avant de rejoindre le commissariat. Une heure qu'il compte bien mettre à profit pour contacter sa sœur. Il faut qu'il recueille son avis avant de décider quoi que ce soit.

À partir du moment où il aura versé au dossier la déclaration de Laurent Tillois, il ne pourra plus faire machine arrière. Tôt ou tard, il devra évoquer les images de la caméra de surveillance qui identifient formellement Ludovic, ce qui achèvera de transformer en suspect le beau-frère irresponsable. Le capitaine Delattre devra alors fournir des explications sur les informations qu'il a sciemment dissimulées. Il n'est pas sûr que le commissaire Girard, nouvellement en poste, apprécie !

*

Du côté de Loos-en-Gohelle où réside le couple Tillois, la nuit n'a pas été plus sereine pour Hélène. Son sommeil a été agité et peuplé de cauchemars dans lesquels Anthony Vebler occupait une place prépondérante.

Elle se souvient parfaitement de son dernier rêve. Elle sentait l'homme s'immiscer entre son mari et elle. Il entraînait Laurent dans l'obscurité d'une forêt et elle essayait de le retenir. Son époux se tournait vers elle en souriant. Il lui faisait un signe et disparaissait par la suite entre les arbres, sans qu'elle ne puisse rien faire pour l'en empêcher. Le cauchemar se terminait sur le visage grimaçant d'Anthony Vebler qui brandissait un objet qu'elle ne parvenait pas à identifier.

Après plusieurs tentatives pour se rendormir, Hélène s'est résignée à se lever. À cinq heures, elle s'est retrouvée à boire un café dans la cuisine, encore sous le coup de ses terreurs nocturnes. Deux heures plus tôt que son heure habituelle de réveil, ce qui témoignait à quel point la nuit qui venait de s'écouler l'avait perturbée ! Pour un peu, elle en serait arrivée à regretter sa petite vie tranquille et sans surprise de jeune retraitée.

Étrange, l'impression que lui a laissée ce type. Elle ne sait pas si un rêve peut être assimilé à une prémonition, mais le moins que l'on puisse dire est que de mauvaises ondes semblent émaner de cet individu. Incroyable que son mari ne perçoive rien. Parfois elle envie sa naïveté coupable, empreinte d'innocence, mais ce matin, elle est surtout énervée. Que Laurent fasse confiance à un individu surgi de nulle part, qui plus est racontant une histoire abracadabrante, dépasse l'entendement. Elle a presque envie de le secouer pour l'inciter à remettre les pieds sur terre.

Elle ne sait pas trop ce que veut Anthony Vebler, mais à coup sûr, rien de bon. Un escroc. Un cambrioleur qui repère les lieux. Elle s'interroge encore. Mais alors, pourquoi se faire passer pour le garde du corps d'une personne agressée, en plus dans une affaire où son mari est un témoin potentiel ? Cela n'a pas de sens, d'autant qu'il ne prend même pas la peine de dissimuler son visage.

Pourtant depuis toujours, Hélène sait qu'elle doit se fier à son instinct. Elle a ce don, qui fait tant sourire son mari, de voir certaines choses avant qu'elles ne se produisent. Quand elle en parle à ses amies, elle n'ose prononcer le mot « voyance » sous peine de passer pour une illuminée. Pourtant elle s'est surprise plus d'une fois à anticiper un événement. En général, un flash ou un rêve qui survient d'un seul coup, et lui laisse après coup une impression de grande fatigue. Comme si une partie de sa force vitale avait été absorbée par la révélation.

Et ce matin n'échappe pas à la règle. Même si sa vision est encore floue, elle a bien senti la mort roder autour d'elle ! À ce stade, elle ignore ce que cela signifie exactement. Une seule certitude, elle va devoir garder un œil sur cet Anthony quand il reviendra, pour éviter le pire ! Car elle n'a aucun doute. De cet homme, elle ne peut attendre que des problèmes. De très graves problèmes même, si elle se réfère à son dernier rêve !

*

Après l'appel de son frère, Émilie ne sait plus trop quoi penser. Elle comprend sa position car elle n'a que trop conscience des sacrifices qu'il a déjà consentis pour protéger Ludo. Il a annoncé sa décision de ne plus couvrir ses agissements, elle peut difficilement le lui reprocher. Elle l'a senti basculer quand elle lui a confirmé qu'elle ne souhaitait pas donner une nouvelle chance à son conjoint.

Le sort de ce dernier est maintenant suspendu aux bribes de souvenirs de la personne qu'il a agressée. Que risque-t-il ? Michel est demeuré évasif. Dans la mesure où des pressions ont été exercées avant, les circonstances atténuantes pourraient être retenues, et en ce qui concerne la peine encourue, il est heureux que Christian Toury soit sorti du coma.

La veille, en parlant avec son mari au téléphone, elle a réalisé combien le fossé avec le père de ses enfants s'était creusé. Elle ne parvient plus à croire aux éternelles promesses qu'il lui réitère chaque fois qu'elle le surprend en train de mentir. Elle croit Ludo incapable de retenir les leçons de ses erreurs. À tel point que c'en est vraiment désespérant. Malgré tout, elle se rend compte qu'il ne s'en sortira pas seul. C'est devenu une évidence.

Émilie est épuisée. Elle a le sentiment de tenir son homme à bout de bras depuis des années et elle n'en peut plus. Il a besoin d'un soutien qu'elle n'est plus capable de lui fournir. Son addiction au jeu est plus forte qu'elle ne le pensait. Il est devenu capable de commettre les pires extrémités à la seule fin de satisfaire son goût pour toutes les formes de jeux. Mais désormais, cela se fera sans elle. Au mieux, elle le mettra en contact avec des gens qui peuvent l'accompagner. Mais c'est tout. Elle n'ira pas plus loin.

Elle s'est isolée dans le salon pour prendre l'appel de son frère. Depuis, elle est demeurée dans la pièce pour réfléchir. De la cuisine lui parviennent les échos du petit déjeuner que ses parents prennent avec Jules et Coline. Des discussions animées, entrecoupées d'éclats de rire, retentissent dans toute la maison. Indifférents au dilemme auquel leur mère est confrontée, les enfants profitent de leur première matinée de vacances chez leurs grands-parents.

Émilie envie leur insouciance. La tête entre les mains, assise à même le sol, elle est au même instant en plein désarroi. Elle est déterminée à quitter son mari, mais elle hésite aussi à éloigner trop longtemps Jules et Coline de leur papa. Malgré tous ses défauts, il n'en est pas moins un père attentionné qui aime profondément ses enfants.

La garde alternée la remplit d'appréhension. Elle ne veut plus que ses enfants puissent se trouver en situation de servir de moyen de pression. Elle désire aussi un environnement stable pour eux. Or les ballotter entre Lens et Bordeaux serait la pire des solutions. Alors couper les ponts avec Ludo, au motif qu'il met la vie de Jules et Coline en danger, est terriblement tentant. Elle les aiderait à se reconstruire pour qu'ils grandissent sans trop de séquelles. Elle a bien une amie divorcée qui y parvient !

Enfin, difficilement, elle doit l'admettre.

Émilie est indécise, mais suffisamment lucide pour savoir que, quelles que soient les différentes options qui s'offrent à elle, aucune ne se mettra en place sans mal. Doit-elle avant tout privilégier la nécessité de protéger les enfants, ce qui équivaudrait à quasiment les priver de leur père ? Elle conserve des scrupules à l'envisager.

Toute à ses réflexions, Émilie ne perçoit pas tout de suite le crissement de pneus sur les gravillons annoncer l'arrivée d'un visiteur. C'est en enregistrant les cris joyeux de Jules et Coline qu'elle réalise la présence du nouvel arrivant.

En jetant un regard par la fenêtre, elle manque de s'étrangler. Ludo, tout sourire, enlace les enfants accourus à sa rencontre.

Comment a-t-il découvert où elle se trouvait ? Pour arriver si tôt, il a dû rouler une partie de la nuit. Il aurait au moins pu respecter son désir de prendre du recul !

Émilie fait grise mine. Elle est dos au mur et ne peut plus tergiverser. Elle va devoir l'affronter sous le regard de ses parents, avec en plus, les enfants dans les parages. Pas certain qu'avec son air de chien battu, son mari ait véritablement conscience de ce qu'elle s'apprête à lui dire !

15

Dix heures, début des visites au service de réanimation de l'hôpital de Lens. Michel s'apprête à entendre Christian Toury, accompagné du brigadier Mustapha Ibrahim.

Les visites étant limitées à deux personnes, Sébastien Toury a dû attendre à la porte de la chambre, non sans avoir auparavant fait un scandale. Ulcéré, il acceptait mal de ne pas pouvoir échanger quelques mots avec son père avant que les policiers ne l'interrogent. Il se plaignait aussi de ne pas avoir la possibilité d'assister à l'entretien.

Le médecin de garde ne s'est cependant pas laissé impressionner : deux personnes à la fois et pas plus de dix minutes.

L'homme d'affaires a perdu de sa prestance et donne l'image d'un vieillard fatigué. Impression renforcée par le bandage retenu par un filet qui enserre sa tête. Un mince filet de voix s'échappe de sa bouche et Michel doit tendre l'oreille pour entendre les réponses aux questions posées.

- Bon, si j'ai bien compris… Je relis mes notes : « vous étiez en train d'uriner lorsque vous avez ressenti un choc sur votre front. C'est votre dernier souvenir avant votre perte de connaissance ». C'est bien ce que vous nous avez dit ?

- Oui, c'est ça ! Un coup ou un choc, je ne sais plus trop ! confirme dans un souffle l'aîné des Toury, manifestement toujours marqué par sa sortie du coma.

- Un coup ou un choc, ce n'est pas tout à fait la même chose ! reprend Michel, tout heureux de pouvoir insuffler un doute dans le témoignage de Christian Toury. Un coup a de fortes chances d'être lié à une agression ; un choc peut résulter d'un malaise et déclencher la perte de connaissance. Comprenez-moi monsieur Toury, vous devez être aussi précis que possible dans l'énoncé des faits. Pensez-vous avoir été agressé ? En clair, pensez-vous que quelqu'un a pu vous frapper avec un objet souple, genre matraque, par-dessus une des cloisons de la cabine des toilettes où vous vous trouviez ?

- C'est possible, mais je suis fatigué ! Tout est encore flou dans ma tête. J'ai envie de me reposer. Laissez-moi récupérer et revenez quand j'irai mieux.

- Bon nous allons vous laisser, mais j'attire votre attention sur le fait que plus le temps passe et plus les probabilités de retrouver un agresseur éventuel deviennent minces ! Il faut que nous puissions avoir à nouveau un entretien au plus vite, d'autant que j'ai d'autres questions à vous poser.

À peine a-t-il dit ces mots que Michel est interrompu par une infirmière qui vient leur signifier que le temps imparti est atteint. Il n'a alors pas d'autre alternative que de quitter la chambre, suivi par le brigadier Ibrahim.

Il retrouve dans le couloir le fils Toury, toujours passablement énervé.

- Alors capitaine, depuis dimanche, avez-vous changé d'avis ? Vous pensez toujours que mon père a eu un simple malaise ?

En entendant Sébastien Toury évoquer leur rencontre dominicale, non officielle, devant le brigadier, Michel ne peut réprimer un froncement de sourcil qui n'échappe pas au perspicace Mustapha. Il n'a pas alors d'autres choix que de tenter maladroitement une diversion pour donner le change.

- Il est trop tôt pour émettre un avis à ce stade de l'enquête, même si la thèse du malaise demeure privilégiée. Votre père est encore confus et son témoignage a besoin d'être clarifié. Nous reviendrons dès que son état le permettra pour l'interroger à nouveau. Nous allons maintenant devoir vous laisser, et naturellement, nous ne manquerons pas de vous tenir informé du résultat de nos investigations.

Le brigadier Ibrahim attend d'avoir rejoint la voiture de police pour poser à Michel la question qui lui brûle les lèvres.

- Tu as vu le fils Toury, dimanche ? J'ai encore parcouru le dossier de l'affaire avant de venir et je n'ai pas trouvé la trace du compte rendu ! Avec qui as-tu fait équipe ce jour-là ?

- Je suis passé chez lui après le travail pour lui donner des nouvelles de l'enquête, mais c'est tout ! C'était une démarche personnelle. J'y suis allé seul à la fin de ma journée. J'avais donné rendez-vous à Sidonie pas très loin, c'était donc sur ma route. D'ailleurs, on ne peut pas véritablement parler d'un interrogatoire. C'est pour cela que je n'ai pas rédigé de rapport.

- Bon, d'accord ! Après tout, tu fais ce que tu veux de ton temps libre. Tu es mon supérieur hiérarchique, tu n'as pas de comptes à me rendre. Je m'étonne simplement que tu étais au fait de l'adresse de ce type, alors que j'avais cru comprendre samedi que tu connaissais à peine la famille !

*

- Votre père insiste pour vous voir. Vous pouvez lui rendre visite à votre tour. Pas plus de dix minutes et évitez toute contrariété, il est encore faible.

Sébastien écoute avec impatience le laïus de l'infirmière. Il n'a pratiquement pas parlé à son père depuis sa sortie du coma et n'en peut plus d'attendre devant l'entrée de la chambre.

En entrant dans la petite pièce, il est tout de suite frappé par la vivacité du regard de son paternel. Bien loin de l'état de faiblesse évoqué par la professionnelle de santé, Christian Toury est assis dans son lit et engage tout de suite la conversation d'une voix ferme.

- Bonjour, fils, ne sois pas surpris ! J'ai volontairement joué la comédie à ces idiots de policiers et à cette gourde d'infirmière. Je me sens étonnamment bien, compte tenu de l'état dans lequel je me trouvais encore hier.

- Euh oui, j'avoue que je ne pensais pas te trouver en aussi bonne forme.

- Il fallait bien que je donne le change pour abréger l'audition. Avant, je voulais discuter avec toi de la stratégie que nous allons appliquer. Je ne tiens pas à ce que les flics mettent le nez dans mes affaires, ce qu'ils ne manqueraient de faire dans le cadre d'une enquête pour agression. Ils voudront comprendre les motivations de l'agresseur, et pour cela, ils poseront des tas de questions sur mes activités. Ce que je ne veux pas ! Ce qui a fait ma réussite, c'est la discrétion et je ne tiens pas à remettre en cause ce principe.

- Je comprends ! Mais cela veut dire aussi que tu vas accepter de voir attribuer officiellement ton état à un malaise. Cela me fait mal que tu tolères un fumier en liberté sans réagir ! Je craignais que les flics ne classent l'affaire, et maintenant qu'il y a une chance pour que la vérité éclate au grand jour grâce à tes déclarations, tu la laisses passer.

- Écoute-moi et ne m'interromps pas ! Je n'ai aucun doute sur le fait que j'ai reçu un coup, mais *je veux* que l'affaire soit classée. J'ai joué la carte du vieillard sénile qui a du mal à rassembler ses idées et cela a eu l'air de satisfaire ce policier. Tu peux me faire confiance : les flics ont bien d'autres chats à fouetter. Avoir la possibilité de valider définitivement la thèse du malaise vagal les arrangera. C'est nous qui allons retrouver le simple d'esprit qui a osé porter la main sur moi, et quand nous l'aurons localisé, nous lui ferons payer son geste.

- Justement, Papa ! Anthony a bien bossé depuis ton admission aux urgences, et je crois bien qu'il est sur une piste sérieuse ! Il a la certitude d'avoir identifié le responsable de ton état et il a déjà élaboré un plan. Je l'ai évoqué avec lui et crois-moi, ton agresseur va vite comprendre qu'on ne s'attaque pas impunément à un membre de la famille Toury !

- Ne t'emballe pas trop vite, fils ! Je veux une juste réparation de l'acte qui m'a été infligé, mais je ne tiens pas non plus à ce qu'on puisse faire le lien trop facilement avec moi. Comment s'appelle le type qu'Anthony a identifié ?

- Attends, il me l'a dit au téléphone et j'ai noté le nom sur mon agenda. Ah le voilà ! Laurent Tillois et il n'habite pas très loin d'ici. À Loos-en-Gohelle, si je me souviens bien.

- Connais pas ! Et tu as une idée de la raison qui l'aurait poussé à s'en prendre à moi ?

- Ben non, j'ai regardé avec lui mais on ne voit pas trop ! Il ne faisait pas partie de tes clients et nous n'avons pas réussi à le rattacher de près ou de loin à une de tes connaissances.

- Cela n'a pas de sens ! Qu'est-ce qu'Anthony a contre lui ?

- C'est la seule personne qu'il a vu entrer et sortir des toilettes durant le laps de temps où tu t'es fait agresser.

- C'est mince, et le connaissant, il a très bien pu avoir son attention détournée au moment de l'arrivée d'une autre personne. Cela fait longtemps qu'il est à mon service et je sais très bien que la moindre clameur dans le stade a pu le distraire.

- Tu as peut-être raison, mais dans ce cas, cela signifie qu'on n'a aucune piste…

- Avant que tu n'arrives, j'ai eu le temps d'y réfléchir. J'ai essayé de rassembler mes souvenirs pour y dénicher un gugusse assez fou pour tenter quelque chose contre moi, et j'ai bien pensé à un mauvais payeur auquel j'ai dû forcer la main récemment : un certain Ludovic Sorbier !

- Sorbier ! Sorbier ! Attends, ce nom me dit quelque chose ! Il avait attiré mon attention dans le fichier des retards de paiement. J'ai dû le noter quelque part. Ah le voilà, je l'ai ! Ludovic, non pas Sorbier, mais Sorvier, et étrangement, il a réglé les échéances impayées hier !

*

De retour au commissariat, Michel a prétexté un souci familial pour s'absenter une heure, le temps de régler une affaire urgente. En réalité, il a pris la direction du domicile de Laurent Tillois pour avoir une entrevue avec la personne qu'il soupçonne d'être en danger.

Il se demande s'il le trouvera chez lui un mardi, en deuxième partie de matinée. Peu d'espoir s'il travaille ce matin comme il le pense. Le policier n'a plus le souvenir de la profession déclarée lors de l'audition. Bah, tant pis ! Il est presque arrivé. Il verra bien sur place.

En se garant, il se rappelle la dernière parole du brigadier Ibrahim. C'était une mise en garde à peine voilée. Chez les Tillois, il va devoir être prudent pour ne pas risquer de se retrouver de nouveau en porte-à-faux. Mustapha est plus clairvoyant qu'il ne l'aurait cru. Il ne manquerait plus qu'il commence à s'intéresser au résultat du visionnage de l'enregistrement des caméras. Michel ne pense pas qu'il connaisse Ludovic, mais on ne sait jamais. Qu'il fasse le rapprochement avec lui et il ne lui faudrait pas longtemps pour avoir la confirmation que le rôle joué par son équipier dans cette affaire n'est pas clair.

Par chance le portail est ouvert. Il remonte l'allée. Un coup de sonnette suffit à faire entrouvrir la porte de l'habitation des Tillois. Une dame d'une cinquantaine d'années apparaît par l'ouverture. Visiblement, elle le prend pour un démarcheur ou un membre d'une secte et il a tout de suite le sentiment qu'elle s'apprête à le congédier sans ménagement.

S'il veut pouvoir avoir une discussion avec son mari, il va devoir une nouvelle fois utiliser son titre d'officier avec les risques que cela comporte. Tant pis, il n'a plus le choix !

- Capitaine Delattre, est-ce que je peux parler à monsieur Laurent Tillois ? C'est au sujet de la déclaration qu'il a faite spontanément au commissariat dimanche.

- Euh, mon époux n'est pas là pour l'instant. Il est à son travail pour encore environ une heure. Mais vous tombez bien ! Je souhaitais justement m'entretenir avec vous sur cette affaire. Quelqu'un, qui est partie prenante dans cette histoire, a approché Laurent hier sous un prétexte quelconque et ses véritables intentions ne m'ont pas paru très claires !

16

Émilie n'en peut plus. Pour la dixième fois, elle explique à son mari qu'il n'est pas question qu'ils reprennent la vie commune et que sa décision de demander le divorce est irrévocable. Mais Ludovic insiste, avec toujours la même rengaine : « Je te le promets : je vais arrêter de jouer et me soigner, tu peux me faire confiance ! J'ai enfin réglé mon problème de dettes et les enfants n'ont plus rien à craindre. Tu ne peux pas ignorer qu'ils sont tout pour moi et qu'il m'est impossible de me passer d'eux. Je t'en supplie. Reviens sur ta décision. Tu sais à quel point je t'aime. Ne casse pas sur un coup de tête ce que nous avons mis des années à construire ! S'il te plaît... ».

Mais Émilie ne le croit plus. Trop de promesses depuis des années. Pour le moment, sa préoccupation est de le voir partir de la propriété au plus vite. Ses parents ne perdent pas une miette de leur échange et cela la met mal à l'aise. Il faut dire que Ludo a tout fait pour les mettre dans sa poche : les prenant régulièrement à témoin sur les conséquences possibles d'un divorce pour l'équilibre des enfants ou mettant en avant l'ensemble des sacrifices qu'il a consentis pour permettre à son épouse de s'épanouir. Rien ne lui a été épargné. Heureusement que Jules et Coline ont préféré profiter du jardin. Là au moins, ils ne sont pas les témoins de ses tentatives pitoyables pour redorer son blason et se faire passer pour la victime.

Trop ! C'est trop ! La jeune femme se surprend à hausser le ton et à lui demander de quitter les lieux sur-le-champ. Son seuil de résistance a été atteint.

Surpris par cette réaction, Ludovic comprend qu'insister plus risquerait de ruiner définitivement ses chances de rétablir la situation. Alors, frustré par le manque d'indulgence d'Émilie, il décide de partir, non sans avoir au préalable serré dans ses bras Jules et Coline.

Dans une dernière tentative, il tente d'embrasser à son tour sa compagne mais celle-ci détourne vivement la tête. Le jeune homme la dévisage alors avec insistance une dernière fois sans parvenir davantage à capter son regard. La détresse qu'il essaie de communiquer par ses yeux ne réussit pas à émouvoir son épouse et il n'a finalement pas d'autre choix que de battre provisoirement en retraite.

- Je vais essayer de trouver une chambre d'hôtes pas trop loin d'ici et je reviendrai te voir demain. Peut-être seras-tu alors revenue à de meilleurs sentiments ?

- Mais tu le fais exprès. Tu ne réalises vraiment pas ? C'est fini ! Fi-ni !

- Je crois que tu as encore besoin de prendre du recul pour réaliser que j'ai changé. Je préfère rester à proximité au cas où tu reviendrais sur ta décision. Prends le temps de la réflexion et pense aussi à nos enfants. Tu ne tiens pas à ce qu'ils souffrent d'une situation qu'ils n'ont pas choisie ?

- Dois-je comprendre que tu me fais du chantage ?

- Crois ce que tu veux ! Je m'en vais maintenant. Tu as assez insisté pour que je débarrasse le plancher, mais je veux que tu saches que je ne te laisserai pas me les enlever sans réagir.

Et après avoir salué ses beaux-parents, Ludovic monte dans sa voiture. Il quitte la résidence après un ultime dérapage sur les gravillons, laissant une Émilie désemparée par l'avertissement lourd de sous-entendus de son conjoint.

*

Anthony Vebler n'a pas perdu de temps. Non seulement, il a identifié le seul témoin indirect dans l'affaire, mais en plus, il a localisé ce dernier et commencé à l'approcher. Michel ne sait pas exactement ce qu'il a en tête, mais assurément, le capitaine Delattre partage l'opinion d'Hélène Tillois : l'homme a des arrière-pensées, selon toute vraisemblance motivées par la vengeance, et il profite de la naïveté coupable de Laurent Tillois pour tisser sa toile autour de lui.

Ainsi, il semble considérer celui-ci comme le responsable de l'agression de son patron. Qu'est-ce qui a bien pu le conduire à en arriver à cette conclusion ? Par déduction, l'officier suppose que la seule personne dont il a remarqué les allées et venues lui a paru un coupable tout désigné. Un peu mince comme argument mais néanmoins suffisant pour mettre Laurent Tillois en danger.

Le garde du corps doit retrouver sa cible demain en fin de journée. Cela laisse donc un peu de temps à Michel pour élaborer un plan d'action.

Préférant ne pas s'absenter trop longtemps du commissariat, il décide de ne pas attendre l'époux Tillois. Les informations fournies par sa femme lui suffisent pour le moment.

Alors qu'il s'apprête à reprendre la route, la sonnerie de son téléphone résonne. À la lecture du nom qui s'affiche, il ne peut retenir un sourire. Sidonie. Enfin !

- Bonjour, mon amour ! Tu me manques, tu sais.

- Bon, je dois admettre que toi aussi, mais dis-moi d'abord, tu as parlé au commissaire de ton intention de quitter la police ?

- Euh non, pas encore, mais je lui ai demandé une entrevue cet après-midi pour aborder le sujet avec lui !

- J'espère pour toi que tu ne me mènes pas en bateau une fois de plus ! Je te laisse pour l'instant le bénéfice du doute mais ma patience ne sera pas infinie ! De toute façon, c'est pour une autre raison que je t'appelais. Figure-toi que j'ai jeté un œil sur le contrat d'assurance du parc automobile des Toury. Tu te rappelles ? C'est moi qui l'avais négocié.

- Euh oui, ça me revient. Tu m'en avais parlé.

- J'y ai relevé des éléments troublants en me penchant sur leurs statistiques. Les accidents sont quasiment exclusivement concentrés sur un véhicule. Un gros 4x4 BMW.

- Où veux-tu en venir ?

- Le conducteur est systématiquement un certain Anthony Vebler, à chaque fois pour un coup à l'avant et un pare-chocs un peu abîmé. J'ai retrouvé un scan d'un courrier adressé par la partie adverse qui accuse ce type de l'avoir embouti volontairement par l'arrière.

- Pourquoi ferait-il cela ?

- Je n'en sais rien ! C'est toi le flic, après tout. Peut-être, faut-il y voir une manœuvre d'intimidation ?

- C'est possible que tu aies raison. Après tout, son patron n'a pas hésité à menacer de s'en prendre à des enfants pour parvenir à ses fins. Tu as bien fait de m'en parler. Je vois de plus en plus cet Anthony sous son vrai jour et cela ne me rassure pas. Il va me falloir redoubler de vigilance pour protéger un inconscient qui ignore encore ce qu'il risque à fréquenter un tel individu !

- Je suis contente d'avoir pu t'aider ! Et au fait, pour la question que tu n'oses pas me poser : oui, je rentre ce soir et j'escompte bien que tu auras tenu ta promesse !

*

- D'accord Hélène, j'ai bien compris ! Tu as vu le policier qui a pris ma déposition dimanche. Il a confirmé ton impression. Anthony Vebler n'a pas pris contact avec moi par hasard et je dois m'en méfier. Pourtant, quand je l'ai vu il y deux jours, ce flic me prenait manifestement pour l'illuminé de service et ne semblait pas accorder beaucoup de crédit à mon témoignage. Toi-même, tu n'es pas non plus la dernière à te moquer de moi, dès que j'émets un doute sur une version officielle.

- Habituellement c'est le cas, mais pas cette fois ! Il s'est déplacé personnellement pour te prévenir. Ce n'est pas rien. Il a dû y avoir un nouvel élément dans l'enquête qui l'a amené à réviser sa position. Et puis pour tout t'avouer, cette nuit, moi aussi j'ai eu une prémonition. J'ai vu Anthony Vebler te faire du mal !

- Ah non, tu ne vas pas recommencer avec tes visions ? Tu sais ce que j'en pense ! Est-ce que pour une fois, tu peux faire confiance à mon jugement ? De toute façon, je ne saisis pas pourquoi ce type pourrait m'en vouloir. Il m'a semblé être un homme sur lequel on peut compter. Il m'a proposé son aide pour une réparation que je suis incapable de réaliser seul. Je ne vois pas la raison pour laquelle je la refuserais, sous le simple prétexte que ma femme a eu une prémonition !

- Oh tu m'agaces quand tu es aussi borné ! Tu as vraiment le même caractère que ton père. Tu peux passer tes journées à le critiquer mais tu es pareil. Toujours à refuser l'évidence. Tu serais devant un précipice que tu le nierais encore ! Eh bien débrouille-toi, et par la suite, ne perds pas de vue que je t'aurai mis en garde !

Une porte qui claque. Des talons qui résonnent bruyamment sur les marches de l'escalier. Une deuxième porte qui claque. Hélène s'est réfugiée dans la chambre et Laurent est sur le point de gâcher l'occasion qui lui permettrait de s'éviter des ennuis !

*

Anthony ne décolère pas. La sortie du coma de son boss n'a pas produit les effets attendus : Christian Toury est persuadé qu'il a failli à sa mission de surveillance.

Sébastien Toury lui a appris que son père soupçonnait un autre homme. Une personne qui aurait réussi à pénétrer, sans qu'il la remarque, dans les toilettes pour commettre son acte. Ce qui revient implicitement à l'accuser de négligence !

Son patron, par l'intermédiaire de son fils, lui a fait comprendre qu'il devait abandonner la piste de Laurent Tillois. Mais il n'en démord pas. Admettre qu'il s'est trompé reviendrait à reconnaître sa faute et il n'en est pas question ! Ce qu'il lui faut désormais ce sont des aveux, ainsi la famille Toury sera forcée d'admettre qu'il n'a pas commis d'erreur.

Anthony a une idée pour obtenir ce qu'il veut. Une méthode douce, qui compte tenu de la personnalité peu affirmée de ce fumier, devrait porter ses fruits. Il lui restera toujours la possibilité d'utiliser des procédés plus radicaux dans le cas contraire.

Le garde du corps a également un autre souci : l'épouse de Laurent. Sa froideur à son égard ne lui a pas échappé et elle pourrait constituer un obstacle. Il devra trouver un prétexte pour l'éloigner du domicile.

Une ébauche de plan se dessine et Anthony commence à se détendre : il sait désormais comment il procédera !

17

- Bonjour Maman !

En ouvrant la porte à son fils, madame Petit a un doute : « C'était donc aujourd'hui que Serge devait passer me voir ? ».

En ce mercredi matin, sa mémoire lui fait défaut, mais d'un seul coup, elle se souvient : l'argent ! Serge devait l'accompagner à la banque pour le déposer.

- Bonjour, mon fils. Tu veux un café ? Il est encore chaud.

- Vu le temps qu'il fait dehors, ce n'est pas de refus ! Tu te souviens ? C'est aujourd'hui que nous devons aller à la banque pour les espèces.

- Oui, je me souviens maintenant. Mais tu sais, dimanche, tu m'as fait tellement peur, avec tes histoires de petits vieux séquestrés et torturés pour de l'argent ou des bijoux, que je n'ai pas pu attendre. J'ai tout porté à la Banque Postale lundi. Alors tu n'as plus à t'inquiéter ! Assieds-toi. Tu ne seras pas venu pour rien. J'ai préparé le flan aux pruneaux que tu aimes tant. Je t'en mets une part avec ton café ?

- Quoi ! Tu ne t'es quand même pas rendue à la banque en bus avec tout l'argent sur toi ? Il y en avait pour presque dix mille euros. Tu es vraiment inconsciente ! Tous les jours, des personnes âgées se font dépouiller pour quelques euros, et toi comme si de rien n'était, tu pars en balade avec une enveloppe pleine de billets.

- Je t'en prie, ne commence pas à crier. Il ne m'est rien arrivé et l'employé de la banque qui m'a accueillie a été très gentil. Il a même rédigé un reçu. Attends, je vais te le montrer. Où ai-je bien pu le mettre ? Ah le voilà ! C'est tout moi ça, de l'avoir mis dans la corbeille de fruits.

En lisant le montant indiqué sur le relevé, Serge manque de s'étrangler.

- Quoi ! C'est une plaisanterie ? Il y en avait presque pour le double. J'en suis sûr ! J'avais compté les billets dimanche. Et c'est quoi, ce bout de papier écrit à la main ? Ils n'ont pas de système informatique à la Banque Postale ?

- Euh, si j'ai tout compris, les ordinateurs étaient en panne à cause de l'orage de samedi. Enfin tu sais bien, moi avec les euros, j'ai toujours eu du mal. Et puis ne t'en fais pas ! Celui qui m'a reçu n'était pas un inconnu. C'était Ludovic Sorvier. Le fils de Madeleine qui est décédée l'an dernier. Crois-moi, c'est un bon garçon ! Il est toujours disponible et souriant. Est-ce qu'il ne pourrait pas avoir simplement fait une erreur ?

- On va regarder sur leur site. Heureusement que c'est moi qui gère tes comptes. Je vais tout de suite pouvoir vérifier. Voilà, je me connecte sur mon téléphone et…

- Quoi ! Qu'y-a-t-il ?

- Ton compte sur livret a bien été crédité du montant indiqué sur le reçu, ce qui confirme ce que je pensais : le gentil Ludovic Sorvier t'a escroqué de plus de quatre mille euros !

*

Michel en oublierait presque ses préoccupations du moment.

La veille, il a sauté le pas et remis sa démission au commissaire. Celui-ci a bien essayé de l'en dissuader, en lui disant qu'il faisait là une belle connerie. Lui, un élément si prometteur. Mais rien n'y a fait. Le policier est resté sur ses positions, et même si plusieurs semaines seront encore nécessaires pour que son départ soit effectif, il a le sentiment d'avoir pris la bonne résolution.

Et puis, il y a eu Sidonie. Elle a tenu sa promesse. Elle est revenue.

Quand il lui a relaté la conversation qu'il avait eue avec son supérieur, elle a été rassurée. Plus rien ne s'opposait à leurs retrouvailles.

Ils ont alors retrouvé la complicité qui les unissait au début de leur relation et ont passé une bonne partie de la soirée et de la nuit à faire l'amour. Ne s'interrompant que pour se nourrir ou somnoler.

Ce matin, Michel baigne dans une douce euphorie. Il est seul chez lui. Celle qui occupe ses pensées a anticipé les difficultés de circulation et a déjà pris la route. Il observe la tasse de café de sa compagne et l'empreinte de sa bouche laissée sur le rebord. Une trace de rouge à lèvres y est demeurée comme une invitation au plaisir. Il songe avec émotion aux dernières heures qui viennent de s'écouler.

Sidonie a toujours été imaginative, mais il doit reconnaître que cette nuit, elle s'est surpassée.

Un bip sur son téléphone interrompt sa rêverie. Un message du brigadier Ibrahim : « *Je t'attends à l'hôpital pour auditionner à nouveau Christian Toury. Où es-tu ? »*.

Michel jette un œil sur la pendule. Neuf heures trente. Perdu dans ses pensées, il n'a pas vu le temps passer. Il n'y a plus une seconde à perdre ! Heureusement pour lui, il était prêt à partir.

Un quart d'heure plus tard, il retrouve Mustapha qui l'attend à l'entrée du centre de réanimation.

- En patientant, j'ai pris sur moi de voir le médecin de garde, et si cela t'intéresse encore, notre vieillard à l'article de la mort d'hier se rétablit de manière spectaculaire. Il devrait sortir dès demain matin.

- Je pense comme toi : c'est rapide pour quelqu'un qui hier encore avait l'air exténué et avait du mal à rassembler ses idées.

- Oui, je crois qu'il s'est foutu de nous pour qu'on le laisse tranquille.

- On est d'accord. Je suis convaincu qu'un nouvel entretien avec ce monsieur ne serait pas un luxe. Cet homme nous cache manifestement quelque chose. Reste à savoir quoi ?

Une dizaine de minutes sont encore nécessaires pour que les deux policiers puissent accéder à la petite chambre. Des soins en cours les ont obligés à patienter dans le couloir. Une chance, ce matin, Sébastien Toury n'est pas là.

146

Quand l'infirmière leur donne enfin l'autorisation de pénétrer dans le box, il retrouve Christian Toury comme il l'avait laissé la veille, l'air harassé et les yeux mi-clos. Ses cheveux en broussaille qui émergent de son bandage et sa barbe de plusieurs jours lui donnent l'aspect d'un vieillard.

Michel ne s'est pas trompé. Il a parfaitement cerné le jeu auquel se prête la personne qu'ils sont sur le point d'interroger et il est décidé à ne plus se laisser manipuler par le chef de clan.

- Bonjour, monsieur Toury. Vous allez mieux, si je m'en tiens à ce que nous a dit le médecin de garde. On peut même parler d'un regain de forme spectaculaire. À ce que j'ai cru comprendre, on vous laisserait même sortir dès demain !

Sentant que le policier n'est pas dupe, Christian Toury se redresse et quitte son masque.

- Bonjour, capitaine. Oui, cela va mieux ! Que désirez-vous encore ? Je vous ai pourtant signifié hier que j'étais confus au moment des faits. La vérité est que je ne me souviens plus de ce qui est arrivé. Un trou noir en quelque sorte. Néanmoins, je reste intimement persuadé que c'est un simple malaise qui a occasionné ma chute contre la cuvette. Vous savez, c'est plus fréquent qu'on ne le croit. Mais dites-moi, je pensais que vous vous prépariez à classer l'affaire ?

- Si vous maintenez cette version, c'est sans doute ce que le procureur fera, d'autant que les conclusions du corps médical semblent confirmer la thèse du malaise vagal.

- Bien, alors pourquoi êtes-vous encore là, si l'affaire s'apprête à être classée ?

- Euh, un simple doute. Je me demandais si vous ne seriez pas tenté de vous faire justice vous-même dans l'hypothèse, peu plausible il est vrai, où votre état résulterait d'une agression ?

- Ridicule ! Vous me prenez pour qui ? On n'est pas dans *le Parrain*, vous savez ! Mes activités professionnelles sont d'ailleurs parfaitement respectables. J'aide des gens à payer moins d'impôts, je fournis des conseils pour des placements, je prête de l'argent. En somme, tout ce qu'il y a de plus légal. Et puis vous me fatiguez avec vos insinuations ! Maintenant laissez-moi, je dois recevoir un appel professionnel important d'une minute à l'autre.

- Ne vous emportez pas. Je voulais seulement être sûr que vous n'alliez pas prendre une initiative malheureuse que vous regretteriez par la suite. Mais puisqu'il n'en est visiblement pas question, je n'ai pas de raisons pour vous importuner plus longtemps. Je vous remercie de votre collaboration, monsieur Toury, et je vous souhaite une excellente journée !

- Oui c'est ça, bonne journée !

À peine Michel a-t-il franchi le seuil du box, qu'il laisse éclater sa colère.

- Tu as vu ça ! Hier, c'est tout juste si le fils ne me reproche pas de vouloir classer l'affaire et aujourd'hui le père s'énerve quand je continue à évoquer la thèse de l'agression. On croit rêver ! Qu'est-ce que tu en penses ?

- Je pense que le père, comme le fils, nous prennent pour des cons. Mon sentiment est que, sans que je puisse te dire comment, ils ont réussi à identifier celui qu'ils considèrent comme responsable de leur problème. Je suis également d'accord avec toi, l'individu en question a du souci à se faire. Bon, maintenant jouons carte sur table !

Et devant son supérieur interloqué, Mustapha d'ajouter :

- J'ai acquis la certitude que toi aussi, tu me caches des choses ! Je ne connais pas tes raisons, mais si tu veux m'en parler, je crois que c'est le bon moment.

18

Après une première nuit à l'hôtel, Ludovic a mis à profit sa deuxième matinée pour dénicher un hébergement plus convivial. Il n'a pas eu longtemps à chercher. Le village voisin, distant de quelques kilomètres seulement de la maison de ses beaux-parents, lui a suffi pour trouver son bonheur. Une chambre d'hôtes typique du bordelais, nichée au cœur des vignes, qui n'attendait que lui. Un havre de paix pour se protéger de la tempête qu'est devenue sa vie, en quelque sorte.

Les propriétaires, des gens charmants, lui ont détaillé les curiosités locales et indiqué les sites à visiter. Comme la saison touristique est basse, tout n'est pas encore ouvert, mais cela lui importe peu. Cerise sur le gâteau, un réseau Wi-Fi performant permettra qu'il ne se sente pas trop isolé.

Ludovic repense à la dernière discussion avec sa femme. Il l'a sentie très remontée. Pas sûr que cette fois, elle lui pardonne ses errements. Il déteste les dernières paroles qu'il a prononcées hier avant de la quitter. Il n'a pas envie de faire souffrir les enfants et n'est pas un homme à utiliser l'arme du chantage pour parvenir à ses fins. Elle devrait le savoir depuis le temps qu'ils se connaissent. Il songe à laisser s'écouler la matinée pour amorcer une nouvelle tentative en début d'après-midi. Il devra se montrer sous un meilleur jour s'il veut conserver un espoir qu'elle revienne sur son intention de divorcer.

Au bruit du téléphone, il sursaute. Il n'a jamais jugé nécessaire de personnaliser les sonneries alors il espère : « Se pourrait-il qu'Émilie me contacte pour me dire qu'elle accepte de me revoir ? » Un regard sur l'écran de son smartphone suffit à le ramener à la réalité. Son directeur d'agence ! Que peut-il bien lui vouloir ?

Avec un pressentiment il décroche, sans oublier de prendre la voix de circonstance, propre à toute absence pour problème de santé.

- Allô Gérard, bonjour ! Que puis-je pour toi ? amorce-t-il d'un ton las, espérant que son supérieur ne détectera pas la supercherie.

- Bonjour, Ludovic, tu vas mieux ?

- Pas fort, tu t'en doutes. Une vilaine angine me pompe toute mon énergie et m'oblige à squatter mon canapé une bonne partie de la journée !

- Écoute-moi bien, je ne vais pas tourner autour du pot. On a un grave problème à l'agence ! Le fils de madame Petit, une de nos plus anciennes clientes, en sort à l'instant. Il a fait un scandale pas possible pour de l'argent que tu n'aurais pas crédité sur le compte sur livret de sa mère. Je n'ai pas envie de parler de tout cela avec toi au téléphone, alors prends deux aspirines s'il le faut et rapplique à l'agence au plus vite !

- Euh, j'ai absorbé un médicament qui a tendance à me faire somnoler. Je préfère ne pas prendre le volant pour l'instant. Si je ne viens qu'en fin de journée, cela ne te gênerait pas trop ?

- D'accord, je t'attendrai. Il y a peut-être une explication toute simple à ce problème et je compte sur toi pour éclaircir la situation. J'ai confiance en toi et j'espère sincèrement que je ne vais pas le regretter.

- Pour qui me prends-tu ? Je me souviens parfaitement de cette dame. Une petite vieille bien sympathique. Je ne comprends pas ce qui a pu se passer.

- On règle cela ce soir. À tout à l'heure !

Et avant que le chargé de clientèle soupçonné de malversation puisse ajouter autre chose, son interlocuteur coupe la communication.

Ludovic est blême. Il n'a pas pensé au fils de madame Petit. Quand il a rencontré la vieille dame lundi, elle lui a clairement indiqué que c'était son fils qui avait insisté pour qu'elle dépose les espèces à la banque. Il aurait dû anticiper que ce dernier procéderait à un comptage des billets au préalable.

En y réfléchissant, Ludovic pressent que son « emprunt » se jugera parole contre parole. Il niera et jouera la carte du conseiller intègre. Après tout, du fait de la panne, les espèces ont été gérées en dehors du circuit classique. Il ne voit pas comment son accusateur pourrait prouver le détournement. Mais sa crédibilité risque d'être entamée. Pour rembourser les prochaines échéances, il sera contraint de trouver un autre artifice.

Le voilà obligé de rejoindre Lens au plus vite. Trop tard pour remonter dans le Nord par la route. Il va devoir trouver un vol de Bordeaux jusqu'à Lille. Il n'aura alors pas d'autres alternatives que de louer une voiture sur place pour rallier l'agence.

Fébrile, il se connecte sur le site de l'aéroport de Mérignac. Un vol part dans trois heures. Il reste à espérer qu'il ne soit pas complet.

Heureusement, un siège est encore disponible. Soulagé, il valide la réservation. Heure d'arrivée : seize heures dix. Il sera à Lens au plus tard à dix-sept heures, ce qui lui laisse encore un peu de temps pour peaufiner sa défense.

Le mauvais sort semble s'acharner sur lui de nouveau. Ses ennuis pécuniaires resurgissent et sa femme refuse de lui laisser une seconde chance. D'un autre côté, au rythme où se produisent les événements, que pourrait-il encore lui arriver de pire ?

*

- Voilà, je t'ai tout dit. Tout est lié au fait que c'est mon beau-frère qui a plongé dans le coma Christian Toury !

- Je sentais bien qu'il y avait une embrouille, mais je ne pensais pas qu'un membre de ta famille y était associé. Même si c'est ton beau-frère qui est concerné, tu ne peux pas continuer à le protéger. Qu'est-ce qui te retient encore de le dénoncer ? Les menaces sur les enfants entreront en ligne de compte. Que risque-t-il finalement ? Étant donné l'évolution de l'état de santé de la victime, au plus une peine de prison avec sursis et une amende. Le père Toury, par contre, si la pression sur ton neveu et ta nièce est avérée, a du souci à se faire !

- Si tout était si simple ! Je te signale que j'ai sciemment entravé le déroulement d'une enquête et cela le commissaire ne me le pardonnera pas. D'autant que je viens juste de lui remettre ma démission !

En apprenant la nouvelle, Ibrahim est estomaqué.

- C'est une blague, j'espère ? Tu comptais me l'annoncer quand ? Tu aurais pu m'en parler avant ! Je suppose que tu as tes raisons mais je pense que tu as tort. La police a besoin de personne comme toi. Enfin, tant que tu ne dissimules pas des éléments d'enquête !

- Ma décision de démissionner est mûrement réfléchie. J'ai envie de tenter une expérience dans le privé, et puis avec Sidonie, c'était devenu difficile de concilier le métier de policier et une vie de couple.

- J'espère que tu l'aimes ta Sidonie pour prendre une décision aussi radicale !

- Je préfère qu'on en revienne à notre affaire, si tu le veux bien. D'un côté, j'ai un témoin indirect, Laurent Tillois, qui visiblement est sous la vindicte d'un Anthony Vebler, persuadé d'avoir identifié en lui l'agresseur de son patron. Parallèlement, le père et le fils Toury semblent m'exhorter à classer l'affaire. Sans doute pour la régler en interne et ne pas voir la police s'intéresser de trop près à leurs activités.

- Tu penses que la famille Toury appuie la démarche du garde du corps ?

154

- J'ai l'impression que ce type agit seul et j'ai en plus du mal à croire que les Toury n'aient pas opéré le rapprochement avec Ludovic. Pendant que son paternel était à l'hôpital, Sébastien Toury a dû éplucher le fichier des clients de la société susceptibles d'en vouloir à son père. Il me paraît difficile que le nom de mon infortuné beau-frère ne soit pas ressorti à un moment ou un autre. Les mauvais payeurs qui les obligent à recourir à des solutions extrêmes ne doivent pas être si nombreux chez eux. En général, la réputation de la famille doit suffire à les inciter à régler leurs dettes !

- Donc pour résumer, on a deux personnes potentiellement en danger !

- Et tu as raison, je n'aurais pas dû protéger cet irresponsable. Rentrons au commissariat. J'ai l'intention de tout révéler au commissaire Girard. Par contre, si nous voulons placer Ludovic en garde à vue, nous allons devoir attendre. Ma sœur m'a prévenu qu'il s'était déplacé dans le bordelais pour tenter de recoller les morceaux avec elle !

*

Laurent a passé la nuit à se retourner dans son lit. Une pensée l'a poursuivi sans relâche : « et si Hélène avait vu juste ? »

Il a beau se moquer de ses prétendues visions. Il sait au fond de lui-même qu'elle ne se trompe pas. Plus d'une fois, il a pu le vérifier. Elle a réellement un don pour prédire ce qui va arriver.

Le problème avec la porte de la cave ne date pas d'hier. Il pourra attendre.

C'est décidé ! Tant pis pour sa fierté de mâle. Il se couchera une fois de plus et suivra les conseils de sa femme. Il contactera Anthony et prétextera un empêchement. Cela réglera au moins la question pour ce soir. Et par la suite, il avisera.

D'ailleurs, la seule certitude qu'il a fini par avoir, c'est qu'il ne peut accorder pleinement sa confiance à un individu arrivé un peu trop opportunément dans sa vie !

19

Par un texto laconique, Émilie a appris que Ludo repartait à Lens. Elle en a été soulagée, même s'il lui a clairement laissé entendre que c'était temporaire. Il n'a plus évoqué les difficultés qu'il avait menacé de soulever pour la garde des enfants. Cela l'a également rassurée.

Tout au plus a-t-elle retenu, des quelques mots laissés sur son téléphone, qu'il avait un problème urgent à régler.

En relisant le message, elle ne peut cependant s'empêcher de se poser des questions sur la nature du problème. Venant de son mari, elle a appris à redouter le pire. Avec sa faculté incroyable à attirer les complications, elle est convaincue qu'il a encore dû se mettre dans une situation délicate.

Elle est encore sa femme et reste donc concernée. Une phrase prononcée la veille lui revient en mémoire. Il lui a laissé entendre que les menaces sur les enfants étaient de l'histoire ancienne. Émilie s'interroge. La résolution inopinée de ses soucis d'argent pourrait-elle avoir un rapport avec son retour précipité dans le Nord ?

Elle se rappelle le montant de la dette contractée. Soixante-mille euros. Ce n'est pas rien. Comment a-t-il réussi à se procurer ne serait-ce qu'une infime partie de cette somme ? Même si en se fiant à ce qu'il lui a dit, ses échéances en retard ne dépassaient pas quatre-mille euros, personne dans son entourage ne lui aurait prêté le moindre centime. Surtout avec sa réputation !

Il y a bien ses parents. Ils ont évidemment les moyens de les aider mais elle les a toujours volontairement tenus à l'écart de ses problèmes. Question de fierté, notamment vis-à-vis de son père. Ludo n'aurait quand même pas osé ? On ne sait jamais avec lui, mais elle ne le pense pas. Elle connaît sa mère. Elle y aurait au minimum fait une allusion depuis son retour.

Et soudain elle comprend ! Étant donné l'état de leurs finances, où aurait-il pu trouver l'argent, si ce n'est directement sur son lieu de travail ? Il n'a pas supporté que Jules et Coline soient utilisés comme moyen de pression et il a cherché la solution la plus rapide pour se procurer des fonds.

Elle espère encore qu'elle se trompe car si c'est le cas, Ludo risque gros. Dans le cas où il serait démasqué, une tache indélébile marquerait à jamais son CV, enfin dans le meilleur des cas, celui où son employeur ne porterait pas plainte et où son époux serait en mesure de rembourser ce qu'il a détourné.

Émilie est désabusée. Elle voulait divorcer mais pas au point de souhaiter à son mari la prison, même avec sursis, non seulement pour une agression mais aussi pour un vol. Et dire que si elle l'avait à cet instant devant elle, il ne pourrait s'empêcher de minimiser son geste en évoquant un simple « emprunt ».

Comment ont-ils pu en arriver là ? Elle désirait depuis plusieurs mois prendre ses distances avec son conjoint, mais n'anticipait pas une séparation dictée par des ennuis judiciaires. Elle aurait préféré préserver l'image de leur père aux yeux de Jules et Coline. Elle réalise désormais combien sa tâche sera difficile.

Elle doit faire part de ses soupçons à son frère. Lui saura la conseiller et lui dire exactement ce que risque Ludo. Et puis tant pis ! S'il le faut, elle ravalera sa fierté et dévoilera la vérité à ses parents. Elle ne leur cachera rien des raisons qui l'ont poussée à s'en éloigner.

Mais d'abord, commencer par le plus urgent, appeler Michel pour lui demander son avis !

*

Anthony est contrarié. Le responsable de sa disgrâce vient tout juste de le prévenir. Il a reporté de quelques jours la réparation de la porte de la cave et n'a donc plus besoin de son aide pour ce soir.

Un imprévu à ce qu'il a compris. Sa belle-mère serait hospitalisée et Laurent se rendrait à l'hôpital avec son épouse en fin d'après-midi pour lui rendre visite.

Le garde du corps n'en croit rien.

Il pense plutôt que le changement d'emploi du temps est à imputer à Hélène, sa femme. Dès qu'il l'a rencontrée, il a su qu'elle ne serait pas aussi facile à berner que son mari. À tous les coups, elle a dû le convaincre de se méfier de lui et ce faible l'a écoutée ! Rien qu'en les voyant, il avait compris que c'était elle qui prenait les décisions. Eh bien, il ne s'était pas trompé.

Dans tous les cas, il est maintenant au pied du mur et dans l'obligation de revoir ses plans. La seule chose dont il est sûr : il ne doit pas différer plus longtemps sa vengeance. Plus le temps s'écoulera et plus il prendra le risque que ses véritables motivations apparaissent au grand jour. Il ne manquerait plus que Laurent fasse part de ses soupçons à la police et qu'il soit suspecté de vouloir régler ses comptes avec lui.

Anthony réfléchit rapidement à un autre moyen de l'atteindre.

Il va épier les Tillois devant chez eux. Si l'excuse de la belle-mère se révèle exacte, ils quitteront leur maison au retour du travail de sa cible pour se rendre à l'hôpital. Il n'aura alors qu'à les suivre avec le 4x4.

Il empruntera le véhicule au garage de l'entreprise. Il exercera alors son châtiment avec la méthode qu'il a déjà eu l'occasion d'utiliser par le passé : une petite poussette et le fossé sera ravi d'accueillir les époux Tillois.

Les aveux de Laurent attendront, mais à ce stade, ils sont déjà passés au second plan. Retrouver son honneur et restaurer la confiance de son employeur sont devenus sa véritable priorité. Au pire, il pourra toujours rédiger une fausse lettre de confession pour démontrer à son patron le bien-fondé de son initiative. Imiter une écriture devrait être à sa portée.

Anthony est conscient que ses réactions sont parfois excessives, mais il a depuis longtemps renoncé à lutter contre. Laisser libre cours, occasionnellement, à la violence de ses pulsions l'aide à trouver l'harmonie au sein de sa propre famille. Une autre personne que lui aurait songé à consulter un psychiatre, pas lui. Il aime les heures qui précèdent le passage à l'action, et pour rien au monde, il y renoncerait. Alors prendre des pilules pour être d'humeur égale toute la journée, trop peu pour lui !

*

- Je n'arrive pas à joindre Anthony. J'ai laissé des messages sur son répondeur mais cet incapable ne me rappelle pas ! Je lui ai pourtant bien dit de laisser tomber avec ce Laurent. Il ne manquerait plus qu'il en fasse une vendetta personnelle.

De rage, Sébastien éteint son portable et le jette sur le lit où est allongé son père.

Le médecin présent a donné son accord pour une sortie le lendemain. Le rétablissement spectaculaire de Christian Toury a facilité la décision. Plus rien ne s'oppose à ce que ce dernier réintègre son domicile, à la seule condition qu'il se ménage les premiers jours.

Cela tombe bien. Le chef de clan n'en peut plus. Il a été changé de chambre et dispose maintenant d'un espace plus confortable. Mais rien n'y fait. Il ronge son frein. Le silence de son garde du corps le contrarie. Il partage l'inquiétude de son fils. Son employé a décidé de faire cavalier seul.

Quel imbécile ! Il aurait pourtant eu besoin de lui pour l'aider à se venger de Ludovic Sorvier.

Car en une journée, l'homme d'affaires n'a pas perdu son temps. Un contact à la sécurité du stade Bollaert lui a confirmé ce qu'il soupçonnait. Une autre personne est sortie des toilettes peu de temps après son agression. Il a pu obtenir un portrait de lui, extrait des images d'une caméra de surveillance. Il y a reconnu celui qu'il recherchait. Christian Toury n'oublie pas un visage, surtout quand il est associé à un payeur récalcitrant. Le hasard n'est plus envisageable. Il y a maintenant trop de facteurs concordants qui conduisent à Sorvier.

Fait troublant : un policier avait visionné ces mêmes images et n'avait pas donné l'impression d'y trouver le moindre élément exploitable. Bizarre ! Se pourrait-il que ce Ludovic soit protégé par la police ? Le patriarche creusera, mais pour le moment, il lui faut localiser l'homme. Il n'a pas encore clairement établi comment il allait procéder, mais il ne peut laisser l'acte de ce salopard impuni. Question de crédibilité !

Christian Toury redescend brutalement sur terre en s'apercevant que son fils lui parle.

- Papa, je viens d'être contacté par la standardiste de la boîte. Anthony a emprunté le 4x4. Il a dit que tu avais donné ton accord. Elle appelait simplement pour en avoir la confirmation mais elle n'a pu le retenir !

- Et merde !

Le juron du père retentit bruyamment dans la chambre. Il n'y a plus lieu de tergiverser. Il faut agir, et vite. Le chef de famille ne sait que trop bien l'utilisation qu'Anthony va faire du véhicule. Ce qu'il pressentait est déjà en train de se produire ! Il ne peut plus se contenter d'attendre sans réagir.

Christian Toury se lève alors, débranche rageusement la perfusion, s'habille à la hâte, jette ses affaires dans un sac et quitte précipitamment la pièce avec son fils sur les talons. Sans jeter un regard à l'infirmière qui tente de le retenir, il prend la direction de la sortie.

L'homme d'affaires a pris la décision de reprendre en main une situation qui est sur le point de lui échapper et il n'a plus une seconde à perdre.

＊

Le commissaire Girard est ulcéré. Démission la veille et manquement professionnel aujourd'hui, la coupe est pleine. Michel Delattre file vraiment un mauvais coton. Il n'évitera pas un blâme, même symbolique.

Les raisons qui ont poussé son subordonné à sortir du rang l'ont cependant interpellé. S'en prendre à des enfants pour faire pression sur un des parents n'est quand même pas rien. Il ne peut rester les bras croisés.

À cette heure, l'urgence est de mettre la main sur Anthony Vebler qui, selon toute vraisemblance, s'apprête à se venger d'un dénommé Laurent Tillois. Les événements risquent vite de devenir incontrôlables s'il ne prend pas les mesures pour l'interpeller et le placer en détention provisoire, en attendant d'éclaircir des motivations qui demeurent obscures.

Michel a déjà rencontré Laurent Tillois lors de l'audition pour laquelle il a omis de transmettre le rapport. Avec Mustapha, ils partiront surveiller les abords du domicile. Si le garde du corps rode dans les parages, ils auront pour mission de l'interpeller, et si les policiers le jugent nécessaire, il y aura toujours possibilité de leur envoyer du renfort.

Quant à Christian Toury dont il connaît la réputation sulfureuse, son tour viendra. Son hospitalisation l'autorise encore à bénéficier d'un sursis temporaire. D'après les informations qu'il a obtenues, sa date de sortie est prévue pour demain. Dès aujourd'hui, il chargera Michel de récupérer auprès du beau-frère les preuves des tentatives d'intimation. Sans cela, inutile de songer à l'appréhender.

Quant à Ludovic, tant qu'il est à Bordeaux, il ne risque pas grand-chose. Il n'y a donc pas d'impératif dans l'immédiat en ce qui le concerne. Après, le commissaire se verra dans l'obligation de le poursuivre pour son acte, même s'il lui en coûte.

20

- Mais qu'est-ce que tu fous ? Tu ne peux pas répondre quand je t'appelle ? Cela fait déjà trois fois que j'essaie de te joindre !

- Je ne pouvais pas prendre la communication. J'étais en réunion. Le genre de réunion qu'on ne peut pas interrompre simplement pour parler à sa sœur ! lui répond Michel agacé, se demandant ce qu'Émilie peut avoir de si important à lui apprendre.

- Ludo a pris un avion pour remonter sur Lens. Une urgence à ce qu'il m'a dit. Tu te rends compte, il n'a même pas utilisé sa voiture. J'ai un mauvais pressentiment. Il me disait encore hier qu'il résiderait à proximité de la maison des parents, le temps nécessaire pour me convaincre de rentrer !

- Tu as raison de me prévenir. Il va falloir que je transmette tout de suite l'information au commissaire. Autant que je te l'avoue, je venais à l'instant de tout lui révéler. Je n'avais plus le choix. Il est d'ailleurs d'accord avec moi ; Ludovic court un grave danger en demeurant dans la région. Crois-moi, il aurait mieux fallu qu'il reste dans le bordelais. Maintenant, je vais devoir trouver un moyen de le protéger. Comme si je n'avais que ça à faire ! Il ne t'a pas donné les raisons de son retour ?

- Non ! Tu penses bien. Il a rédigé un simple texto en mentionnant une contrainte qui l'oblige à rejoindre Lens. Je suis pratiquement sûre que c'est pour se rendre à l'agence bancaire où il travaille ! Je suis persuadée qu'il a fait une connerie.

- Qu'est-ce qui te fait penser ça ?

- Il a évoqué la fin des menaces sur les enfants quand je l'ai vu. Sur le coup, je n'ai pas relevé, mais maintenant j'ai la conviction qu'il a détourné de l'argent à la banque et que quelqu'un s'en est aperçu.

En se souvenant d'une ancienne conversation, Michel s'en veut de ne pas avoir réagi deux jours plus tôt à une déclaration de Ludovic.

- Il m'en avait touché un mot lundi. Il avait soi-disant récupéré de quoi payer ses dettes en retard, et effectivement, ça m'avait surpris. Pour justifier l'origine des fonds, il avait évoqué un ami qui lui devait de l'argent. Je m'étais dit que décidément le hasard arrangeait bien les choses mais je ne m'étais pas imaginé qu'il en était arrivé à une telle extrémité.

- Tu aurais dû m'en parler ! On n'a pas d'argent de côté, alors tu penses bien qu'on n'a pas davantage de quoi prêter, même une petite somme, à quelqu'un.

- Il est trop tard pour avoir des regrets mais je vais m'arranger pour qu'une patrouille aille faire un tour à l'agence au cas où tu aurais vu juste. Tu sais à quelle heure atterrit son avion ?

- Non, mais il ne doit pas y avoir beaucoup de liaisons Bordeaux-Lille en semaine. Tu n'auras aucun mal à identifier le vol. Cela te donnera une estimation de son heure d'arrivée à la banque.

- D'accord, je te rappelle dès que j'ai du nouveau. Ne t'en fais pas, tout va s'arranger !

Avec cette promesse, Michel met fin à l'appel en espérant qu'il n'aura pas à regretter les derniers mots qu'il vient de prononcer.

*

Tout part en vrille.

Anthony a bien compris que le clan Toury désapprouvait sa démarche. Par trois fois, il a vu le nom de Sébastien s'afficher sur l'écran de son portable.

Il a pris la décision de ne pas répondre et de ne pas écouter les messages. Il n'a de toute façon plus la possibilité de faire machine arrière. Il est allé trop loin.

À l'approche du danger, il ressent la poussée d'adrénaline familière qui agit dans son organisme comme une drogue. Il la connaît. Il a besoin de cet exutoire pour retrouver la sérénité. Ce matin, sa femme a commencé à percevoir son changement d'humeur. Quand il est dans cet état d'esprit, il préfère déserter son domicile. Il craint de s'en prendre à elle ou pire, à un de ses enfants ! Il ne se le pardonnerait pas. Seule la présence de son patron parvient à réfréner ses accès de violence. Il ne sait pas réellement pourquoi, sans doute une question de respect, mais plus encore la crainte qu'il lui inspire.

Un peu plus tôt en milieu d'après-midi, il s'est garé à une cinquantaine de mètres en amont du domicile des Tillois pour ne pas être remarqué. Son 4x4 BMW est tout sauf discret, mais le commerce bio haut de gamme à proximité peut conférer une certaine légitimité à ce type de véhicule.

Les vitres teintées masquent sa présence dans la voiture et il peut à tout loisir observer la vie du quartier sans être vu : la retraitée qui arrache frénétiquement des mauvaises herbes devant chez elle comme si son existence en dépendait ; le fermier qui revient des champs avec son tracteur en laissant des traînées de boue sur la chaussée ; le distributeur de tracts qui tire son chariot débordant de prospectus affichant les promotions de la semaine à venir ; la voiture garée devant la maison de Laurent avec deux hommes à l'intérieur qui semblent guetter quelque chose, comme lui…

Un dernier élément qui fait tache dans le décor et qu'il n'avait pas remarqué à son arrivée. Que peuvent-ils bien fabriquer justement à cet endroit ? Il est trop loin pour distinguer leurs traits mais il ne se fait pas d'illusion. Ils sont là aussi pour les Tillois. Et dans ce cas, à part des flics dans un véhicule banalisé, Anthony ne voit pas trop de qui il pourrait s'agir.

La police aurait-elle eu vent de ses intentions ? Ce n'est pas impossible. Après tout, l'appel de Laurent ne lui a-t-il pas semblé étrange lorsqu'il a annulé la séance de bricolage ? Surtout que ce dernier a eu recours à un prétexte éculé pour justifier son empêchement. Et puis cette voix de fausset qu'il a utilisée lors de leur conversation, cela aurait dû l'avertir qu'il se tramait quelque chose de pas net !

Il ne lui reste plus qu'à fuir. Inutile de persister à mettre en application son plan, il serait immédiatement interpellé.

Anthony subit le choc. Non seulement, il devra remettre à plus tard sa vengeance, ce qui a le don de l'agacer prodigieusement, mais en plus, se sachant désormais soupçonné, il n'aura pas d'autres alternatives que de trouver un alibi en béton pour le moment où il décidera de passer à l'action.

*

Le lieutenant Binet n'est pas peu fier de lui. Il a pris l'initiative d'entrer dans l'agence de la Banque Postale de Lens pour obtenir des renseignements sur Ludovic Sorvier et il en a été récompensé.

La jeune femme à l'accueil, impressionnée par son titre autant que par son physique, ne lui a rien caché des derniers événements de la journée : le scandale de la matinée déclenché par le fils d'une cliente historique, la mise en cause du chargé de clientèle et sa convocation par le directeur, en dépit de son absence pour maladie.

Elle a ajouté que Ludovic Sorvier avait rendez-vous à dix-sept heures, soit dans environ un quart d'heure.

Murielle, le prénom indiqué sur son badge, lui a également soufflé que s'il désirait d'autres renseignements, elle était à sa disposition. Son grand sourire plein de promesses et ses yeux pétillants lui ont mis du baume au cœur. Le policier est ressorti de l'agence gonflé à bloc, amusé par la tentative de séduction amorcée. Si sa préférence ne portait pas sur les hommes, il aurait volontiers prolongé la conversation en lui demandant son numéro de téléphone.

Le lieutenant est satisfait du résultat de sa démarche. Ainsi le capitaine Delattre avait vu juste. Le suspect doit bien se rendre sur son lieu de travail en fin de journée. Le policier s'interroge seulement sur l'opportunité de l'appréhender avant son entrevue avec le directeur. Spolier une petite vieille n'est pas rien et cela ne ferait assurément pas de mal à ce Ludovic de se faire remonter les bretelles par son supérieur.

Il attendra donc la fin de l'entretien dans la voiture avec le sous-brigadier Delvaux. Ils interpelleront alors l'employé indélicat. Il serait étonnant qu'avec le savon qu'il va se prendre, ce dernier ait encore l'énergie d'opposer la moindre résistance.

Une sortie, somme toute tranquille, qui leur permettra à tous les deux de marquer une pause pendant la durée de l'entrevue. Le lieutenant Binet respire. Si toutes les missions pouvaient être aussi simples !

*

Durant le vol, Ludovic a eu le temps de réfléchir à sa stratégie de défense.

Certes le fils de madame Petit n'a pas de preuve formelle, n'empêche qu'il n'est pas dans une position confortable. Gérard Lambert, le directeur de l'agence, comprendrait rapidement son mobile s'il lui prenait l'envie d'éplucher ses comptes bancaires. L'état catastrophique de sa situation financière lui sauterait alors aux yeux.

Le dépôt qu'il a réalisé avec ce qui lui restait des espèces de madame Petit, une fois réglé ses retards de mensualités, ne passerait pas non plus inaperçu et son supérieur lui demanderait de le justifier. Mais avec le découvert qu'il traînait depuis près d'un mois, avait-il seulement une autre alternative ?

Avec le recul, Ludovic se rend compte à quel point il risque gros. Il ne manquerait plus que son supérieur demande au fils de madame Petit d'être présent afin de les confronter. La tension qui se lirait sur son visage l'accuserait alors sans qu'il ait besoin d'ouvrir la bouche.

Il doit absolument trouver un moyen de gagner du temps. Après tout, il est censé être souffrant. C'est quand même le motif de son absence depuis deux jours. Eh bien, le problème est résolu ! Il n'ira pas à la banque ce soir. Il regagnera son domicile et préviendra Gérard que son état s'est dégradé et qu'il ne peut se rendre à l'agence.

La décision prise, Ludovic répugne à rentrer tout de suite chez lui. La maison vide a quelque chose de déprimant. S'imaginer passer la soirée une nouvelle fois seul achève de le démoraliser. Il lui faut rencontrer quelqu'un pour ne pas laisser le désespoir l'envahir, aussi il fera un détour par chez Romain avant de retourner chez lui.

Romain, un de ses meilleurs amis, célibataire endurci, saura lui remonter le moral et lui faire oublier ses déboires avec une des excellentes bières de garde qu'il conserve toujours dans le frigo !

21

- Tu as l'impression qu'il se pointera encore ?

Après presque trois heures de planque infructueuse devant le domicile des Tillois, Mustapha commence à perdre patience.

- Il est près de dix-neuf heures et j'ai du mal à croire qu'il viendra ce soir !

- Je ne suis pas loin de penser comme toi et je me demande si nous ne l'avons pas manqué. Peu de temps après notre arrivée, j'ai cru apercevoir dans le rétro un 4x4 BMW, ce qui m'a rappelé une réflexion de Sidonie : Anthony Vebler utilise un véhicule de ce type pour ses expéditions punitives. Tu ne l'as pas remarqué ? L'engin était stationné pas loin d'un magasin bio.

- Cela ne me dit rien ! Tu penses vraiment que c'était lui ? Il nous aurait localisés, et involontairement, nous l'aurions incité à revoir ses plans ?

- C'est une éventualité. Je ne suis sûr de rien d'autant que je n'ai pas l'impression qu'il soit resté garé longtemps. Finalement si ça se trouve, ce n'était qu'un simple client du magasin.

Michel est déçu. Il a le sentiment qu'ils ont manqué de discrétion, et qu'à cause de leur maladresse ils ont perdu une occasion d'épingler Anthony.

Il doit savoir si, de leur côté, le lieutenant Binet et son collègue ont eu davantage de succès avec Ludovic.

Un appel suffit à lui faire perdre ses illusions. Le jeune homme ne s'est pas présenté à la banque. Marc Binet lui a confirmé ce qu'il pressentait : son beau-frère est réellement soupçonné d'être impliqué dans une affaire de détournement de fonds. Il était effectivement prévu que le directeur de la banque le reçoive aux alentours de dix-sept heures pour obtenir des explications.

La soirée est un fiasco. Des heures à faire le guet pour rien. Sans un flagrant délit, difficile de se rendre chez Anthony Vebler pour lui signifier son placement en garde à vue. Officiellement, aucune charge ne peut être retenue contre lui. À ce stade, il a seulement abordé Laurent Tillois pour lui témoigner de la sympathie. Certes, il a un peu déformé la vérité pour l'approcher, mais jusqu'à preuve du contraire, le mensonge n'est pas encore puni par la loi !

Reste Ludovic. Visiblement incapable d'assumer son acte, ce dernier a volontairement décidé de remettre à demain sa confrontation avec son supérieur. Michel comprend de mieux en mieux le désir de sa sœur de couper les ponts. L'immaturité de son beau-frère entraîne ses proches dans sa chute. Il doit l'interpeller avant qu'il ne soit trop tard. En y réfléchissant, à part à son domicile, le policier ne voit pas trop où il pourrait se trouver.

- Bon, on n'a plus rien à faire ici. Nous allons rendre une petite visite à Ludovic chez lui. Compte tenu des menaces qui pèsent sur sa tête, il y a urgence à le mettre en sûreté temporairement derrière des barreaux. Une petite garde à vue ne peut pas lui faire de mal. Je ne sais pas trop ce que le père Toury a en tête pour l'heure en ce qui le concerne, mais vu sa personnalité, il faut s'attendre au pire !

*

À leur arrivée devant le domicile de Ludovic Sorvier, Christian Toury et son fils constatent qu'à l'évidence, le logement est vide. Aucune activité visible, ce que confirme l'absence de voiture stationnée dans l'allée. L'ensemble de la famille serait-elle absente ? Il ne manquerait plus qu'ils soient tous partis se mettre au vert ! Voilà un élément que le chef de clan a oublié d'intégrer dans son plan.

La défection d'Anthony les a forcés à avoir recours au responsable de la sécurité de la propriété familiale. Même si le patriarche préférerait s'appuyer sur son garde du corps, il sait qu'il peut avoir confiance en Tarek qui s'est toujours révélé d'une loyauté à toute épreuve.

Pour ne pas attirer l'attention, les trois hommes, après un deuxième passage devant l'habitation, se garent sur le trottoir opposé à une vingtaine de mètres. L'endroit est dissimulé en partie par une haie de thuyas de plusieurs mètres de hauteur. Les conifères, qui ne sont manifestement plus taillés depuis longtemps, offrent l'avantage de pouvoir observer les allées et venues en toute discrétion. Un point d'observation idéal pour la réussite de l'opération.

Une fois n'est pas coutume, ils ont choisi pour leur expédition une Renault Laguna grise au luxe moins ostentatoire que l'habituelle Audi A8. Dans ce genre de lotissement, il n'en faut souvent pas beaucoup plus pour aiguiser la curiosité des voisins.

Le temps s'écoule lentement. La nuit est maintenant sur le point de tomber et les minutes s'égrènent, indifférentes à la tension qui règne dans l'habitacle. Un paquet de chips agrémenté de soda fait office de collation. Christian Toury n'en peut plus. Sa prostate le fait atrocement souffrir. Il s'apprête à donner à Sébastien l'ordre de redémarrer quand un bruit de moteur les récompense de leur patience. Comme ils l'espéraient, le conducteur immobilise son véhicule juste devant la porte du garage qu'il est à deux doigts de percuter.

Ils savent tous les trois par expérience que la plupart des propriétaires de ce type de résidence, pour en augmenter la surface habitable, détournent souvent le garage de sa fonction première pour en faire un débarras. L'homme d'affaires peut enfin respirer. Les éléments jouent en sa faveur. Il appréhendait que sa cible ne se gare à l'intérieur. Il n'en est rien !

Sans hésiter, Tarek quitte le confort de la berline pour accomplir la mission qui lui a été confiée. Il s'approche sans bruit du logement tandis que l'utilisateur de la voiture de location s'en extirpe difficilement. Il semble visiblement avoir trop bu. Ce n'est pas une surprise ; sa conduite automobile erratique le laissait présager. Tout se déroule parfaitement. Aucune lumière ne s'allume dans la maison pour accueillir le fêtard. Le reste de la famille a déserté les lieux comme il le pressentait.

La deuxième phase du plan va pouvoir débuter.

Alors que Ludovic peine à entrer la clé dans la serrure, Tarek se faufile derrière lui, et avant qu'il n'ait le temps de faire un seul geste, lui recouvre la tête d'un sac en toile. Simultanément, l'homme de main lui immobilise les bras et lui encercle les poignets avec un lien en plastique. Un coup sur la tête achève de venir à bout de l'infortuné Ludovic. Celui-ci s'effondre sans avoir prononcé un mot.

Dans les secondes qui suivent, Sébastien se gare discrètement devant la maison. Tarek traîne alors le corps jusqu'à l'arrière de la berline, le plonge dans le coffre et remonte à l'arrière du véhicule.

Il ne reste plus ensuite à la Laguna qu'à s'éloigner rapidement. Le tout n'a pas pris plus d'une minute.

Christian Toury a conscience d'avoir pris un risque, en intervenant à une heure de la journée où des voisins auraient pu les remarquer, néanmoins il se rassure en constatant que personne ne semble avoir fait attention à leur manège. Il a craint aussi que Sorvier ne soit accompagné, et heureusement, ça n'a pas été le cas.

L'enlèvement du salopard qui l'a agressé a été une réussite. Le chef de clan peut enfin souffler. Sa vengeance va pouvoir s'accomplir.

*

- Je t'avais bien dit que tu aurais dû éviter la rocade. C'est une plaie à cette heure-là. Une heure pour faire moins de cinq kilomètres, c'est du grand n'importe quoi !

- D'accord, tu avais raison ! admet Ibrahim. J'aurais dû mettre le GPS. Au moins, j'aurais évité les bouchons. Mais arrête de râler et indique-moi la direction, parce qu'à partir de maintenant, je ne suis plus sûr de la route.

Dix minutes plus tard, les deux hommes parviennent au domicile de Ludovic. Une voiture que Michel ne reconnaît pas est garée dans l'allée. Après réflexion, il se souvient. C'est une voiture de location. Son beau-frère est rentré chez lui par avion !

Pas d'éclairage à l'intérieur de l'habitation, alors que l'obscurité est maintenant totale. L'absence de clarté lunaire rend l'atmosphère des lieux oppressante. Le policier a immédiatement un sombre pressentiment. La maison semble vide et ce n'est pas normal. En approchant de l'entrée, un détail attire l'attention des représentants de l'ordre. La clé est dans la serrure, accrochée à un trousseau.

Le pressentiment se transforme alors en certitude. Il est arrivé quelque chose à Ludovic !

Il pénètre avec appréhension dans le logement, suivi comme son ombre par le brigadier Ibrahim. Il fait rapidement le tour des pièces et a la confirmation de ce qu'il supposait déjà. La maison est inoccupée. Il n'y a désormais plus de doute possible : Ludovic a été enlevé !

La soirée tourne au vinaigre. Anthony Vebler dans la nature et son beau-frère, il était difficile de faire pire.

Michel a encore l'espoir que les ravisseurs aient laissé des indices. Il alerte le commissariat et décide d'attendre sur place l'arrivée des renforts avec son coéquipier.

Ses soupçons se portent naturellement sur les Toury. Il lui paraît pourtant hasardeux de se rendre chez eux sur la base d'une simple intuition. Il n'a pas la moindre preuve tangible contre eux. Même les menaces sur son neveu et sa nièce n'ont été corroborées par aucun document. Ludovic s'est contenté d'évoquer une photo d'eux prise devant l'école sans la lui montrer et Michel n'est même pas sûr qu'il sera possible de la rattacher avec certitude à Christian Toury !

Sidonie ! Pourquoi n'a-t-il pas pensé à elle ? Son métier de commerciale dans un cabinet d'assurances devrait pouvoir l'aider. Avec les véhicules de prestige que possèdent la société de l'homme d'affaires, la compagnie a dû l'obliger à les équiper d'un système de géo-traçage ! Il y a donc toutes les chances pour qu'il existe un moyen de reconstituer les déplacements de la famille lors de la soirée. Il va vérifier auprès de Sidonie sans tarder. Avec un peu de réussite, il devrait pouvoir contrôler l'emploi du temps des membres du clan durant les dernières heures.

Michel pourra alors évaluer la probabilité de retrouver son beau-frère rapidement. Ne dit-on pas que dans un rapt, les premières quarante-huit heures sont déterminantes ?

22

Il est vingt-trois heures quand Michel peut enfin rentrer chez lui.

Il est déçu. Aucun indice prouvant un enlèvement n'a été trouvé devant le domicile. Pas de trace de lutte et pas davantage de témoins. Avec l'arrivée des voitures de police toutes sirènes hurlantes, l'officier pense que si quelqu'un avait aperçu quelque chose d'inhabituel, il se serait immédiatement manifesté.

À ce stade, même une enquête de voisinage a été jugée prématurée compte tenu de l'heure tardive.

Il y a bien les clés dans la serrure, mais Ludovic, perturbé par les événements des derniers jours, a très bien pu partir faire la tournée des bars avec un copain pour se remonter le moral. Rien ne l'empêchait de ramener la voiture de location chez lui, juste avant de repartir en virée avec le véhicule de son compagnon de beuverie. Il peut tout à fait avoir fermé la porte de la maison, et par distraction, avoir laissé le trousseau dessus. C'est une éventualité qui laisse Michel songeur, mais il est contraint de reconnaître que l'irresponsabilité de Ludovic empêche d'écarter complétement la possibilité. Néanmoins au fond de lui-même, il n'est pas dupe et demeure convaincu qu'il est arrivé quelque chose de grave.

En attendant, il est contraint de se plier à l'avis de sa hiérarchie. Prévenu, le commissaire Girard a confirmé que la procédure pour disparition inquiétante ne serait lancée que le lendemain, dans le cas où Ludovic ne réapparaîtrait pas de lui-même.

À son retour, Sidonie ne l'a pas attendu et est partie se coucher. Elle lui a cependant laissé un mot sur la table de la cuisine qui lui redonne du baume au cœur. Un mot pour lui indiquer qu'elle a conservé des restes au frigo, mais surtout un mot qui se termine, pour la première fois depuis qu'ils se connaissent, par un « *Je t'aime* ».

Michel, revigoré par cette preuve d'amour, est conforté dans son choix de quitter la police pour accorder plus de temps à sa compagne. Avec émotion, il se surprend à rêver. Il les imagine parents. Deux ou trois enfants ? Il verra ce qu'en pense Sidonie, mais pas seulement un. Il en discutera avec elle dès qu'il en aura l'opportunité.

Envisager l'avenir lui fait du bien et il parvient à relativiser la disparition de Ludovic : un petit con, qui peut-être au même moment, est en train de s'enivrer dans un bar !

*

Quelques heures plus tard, seul dans un réduit humide, le petit con n'en mène pas large. Il n'a rien compris à ce qui lui arrivait et ses souvenirs sont confus.

Il se rappelle avoir un peu trop bu chez son ami Romain et avoir tant bien que mal réussi à rejoindre son domicile. Il se voit encore devant la porte à essayer d'introduire la clé dans la serrure. Et puis plus rien. Un grand vide.

Un mal de tête lancinant lui comprime maintenant les tempes. Complètement désorienté, il essaie de se situer sans y parvenir. Ses poignets sont douloureux et lui paraissent avoir été récemment entravés.

Une mince clarté filtre par un soupirail, malheureusement situé trop haut pour qu'il puisse espérer s'enfuir en l'utilisant. Il est retenu captif, mais par qui et pour quelles raisons ?

Combien de temps s'est-il écoulé depuis son enlèvement ? Difficile à estimer. L'aube est en train de poindre, s'il se réfère à la lumière en provenance de la seule ouverture donnant sur l'extérieur. Il est donc retenu prisonnier déjà depuis plusieurs heures !

Il ne faut pas longtemps à Ludovic pour inspecter l'endroit où il est retenu contre son gré. La pièce est de toute petite taille et dénuée de tout mobilier. Les murs, tout comme le sol, sont en briques et une porte en fer est le seul accès apparent. L'espace réduit fait penser à une ancienne cave à charbon aménagée grossièrement en prison.

Ludovic n'est pas rassuré. Aucun bruit ne filtre du dehors. Il aimerait comprendre ce qu'il fait là et où il se trouve. Les personnes qui le séquestrent lui ont laissé son blouson, et étrangement, ne l'ont ni attaché, ni bâillonné. Il se surprend à frémir. Faut-il que ses geôliers aient toute confiance dans le lieu de détention pour ne pas redouter de sa part des appels au secours ou une tentative d'évasion ?

Fébrile, il fouille ses poches à la recherche de son téléphone. Peine perdue, ses ravisseurs ont pris soin de le fouiller. Ils lui ont retiré tout ce qui pourrait l'aider à alerter les secours ou à s'enfuir. Ainsi son smartphone et ses clefs de voiture ont fait les frais de l'examen de ses biens. À l'inverse, l'ensemble de ses papiers lui a été laissé ainsi que ses lunettes de soleil. Enfin pour l'utilité qu'il en a !

Ce qui est le plus pénible pour Ludovic, outre l'inconfort du sol où il est assis, c'est l'humidité. Elle est omniprésente et une odeur de moisissure prend à la gorge. Les murs, recouverts sur plus d'un mètre de haut par du salpêtre, laissent supposer une inondation partielle mais régulière des lieux.

Le froid vif contribue aussi à rendre les conditions de sa captivité particulièrement difficiles. La chance semble l'avoir définitivement abandonné et les climato-sceptiques jubileraient s'ils en avaient l'occasion : les températures matinales persistent à demeurer anormalement basses pour un mois d'avril.

Au fur et à mesure de l'apparition du soleil, l'apport supplémentaire de lumière permet à Ludovic de distinguer des détails qu'il n'avait pas remarqués jusqu'alors : un trou sommaire creusé dans un angle de la pièce, vraisemblablement à des fins de toilettes, et un passe plat aménagé dans la partie basse de la porte, certainement pour limiter les risques d'évasion lors de l'introduction des repas.

Le constat est amer. Tout a été conçu pour une détention longue. Sauf à ce qu'il soit localisé rapidement, il doit s'attendre à passer des journées interminables, seul dans cet espace confiné !

En dépit du mal de tête qui le taraude, Ludovic s'efforce de rassembler ses idées.

Son enlèvement ne peut être lié qu'à ses dettes de jeu. Il pense d'abord aux Toury, mais cela n'a pas de sens. Il a remboursé ses échéances en retard et il voit mal le chef de clan, du fond de son lit d'hôpital, organiser une telle opération. D'autant que remonter jusqu'à lui comme auteur de l'agression paraît compliqué : il était seul dans les toilettes quand il a agi ! Les seules personnes au courant de son acte désespéré sont Émilie et Michel et il n'envisage pas une seule seconde qu'ils aient pu le trahir.

À moins que le fils de madame Petit, furieux qu'il ait détourné une partie de l'argent de sa mère, ait voulu se venger ? Difficilement crédible dans un laps de temps aussi court et avec une organisation aussi élaborée. Alors qui ?

Mais pour une fois lucide, Ludovic réalise aussi que moins il en saura sur l'identité des ravisseurs, plus ses probabilités de rester en vie seront grandes !

*

Quand le policier a pu enfin rejoindre son lit, Sidonie ne dormait pas. Elle l'attendait emmitouflée sous la couette. Il n'a pas conservé son pyjama très longtemps. La jeune femme s'est empressée de le lui ôter. Elle tenait à lui exprimer par des câlins ce qu'elle entendait par le « *Je t'aime* » écrit un plus tôt dans la soirée.

Michel n'a pas été déçu. Le plaisir qu'ils ont échangé a été intense. Le moment n'était pas encore venu pour lui d'aborder le sujet qui lui tenait à cœur et rassasiés, ils ont très vite plongé dans le sommeil.

Levé aux aurores, le mauvais pressentiment de la veille ne l'a pas quitté. Il y a désormais urgence à vérifier que Ludovic est bien rentré chez lui cette nuit. Tant pis s'il le réveille, il faut qu'il sache !

L'appel est immédiatement transféré sur sa messagerie. Mauvais signe ! À moins que Ludovic ne soit à court de batterie et qu'il ait oublié de mettre en charge son smartphone. Mais il en doute. Une seule solution : se rendre chez lui. Il risque de le surprendre au saut du lit s'il se trompe, mais il ne peut rester dans l'ignorance.

Sidonie dort encore quand il se décide à quitter la maison. Un petit mot d'explications, où il expose l'idée qui lui est venue la veille pour tenter de localiser son beau-frère, suivie de quelques lignes remplies de promesses, et il se met en route. Malgré l'inquiétude qui lui noue les tripes, il n'a pu s'empêcher de terminer son message également par un « *Je t'aime !*». Songer à la réaction de sa compagne, quand elle découvrira sa prose sur la table de la cuisine, le réconforte.

Il ne lui faut qu'un quart d'heure pour rejoindre l'habitation de Ludovic. La clef qu'il a pris soin de laisser sur la serrure, pour permettre à son beau-frère de réintégrer son domicile au cas où il serait simplement sorti, est demeurée à la même place.

Michel sonne plusieurs fois sans trop y croire. Le carillon raisonne sans susciter de réaction. Il se décide alors à entrer et a la confirmation que le logement est toujours désespérément vide. Les pièces ne paraissent pas avoir été habitées depuis plusieurs jours.

Le policier doit se rendre à l'évidence. Quelque chose de grave est réellement arrivée et désormais le commissaire Girard pourra difficilement prétendre le contraire !

23

Ignorant les événements de la nuit, Anthony a mal dormi. Irascible, il a repoussé sa femme qui ne voulait que l'embrasser et s'en veut. Il déteste les moments où il a le sentiment de perdre le contrôle. Il ne doit pas rester chez lui. Il s'en voudrait de dire une parole ou de faire un geste qu'il regretterait.

Il avale rapidement son petit déjeuner en silence, sous le regard distant de celle qui partage sa vie et qui manifestement n'a pas apprécié son attitude. Il rejoint ensuite sa voiture sans se retourner. Pour la première fois depuis longtemps, il quitte son domicile sans même embrasser ses enfants.

Après la tentative avortée de la veille, il n'a pas encore élaboré un nouveau plan et il se demande encore comment il procédera. Pourtant, il n'a pas perdu l'espoir de se venger de celui qui a porté la main sur son patron. Car il le faut ! C'est à cette seule condition qu'il retrouvera la paix intérieure.

Sébastien lui a laissé de nouveaux messages auxquels il n'a pas répondu. Il sait néanmoins qu'il ne pourra pas retarder l'inéluctable plus longuement. Il va devoir affronter la colère du fils, et ce qu'il craint le plus encore, celle du père. Il n'a aucun résultat probant à leur soumettre. Pas d'aveux. Pas de preuves tangibles. Rien ! À part son intime conviction.

Le garde du corps sait que sa seule parole ne lui permettra pas d'apaiser la colère du chef de clan. Il a failli à sa mission et il va devoir en supporter le prix ! Il prend son téléphone, et conscient qu'il ne peut plus reculer, se décide à appeler directement Christian Toury.

Après trois sonneries, son patron décroche. Au son de sa voix, Anthony se rend compte de sa bévue. Huit heures. Toujours à l'hôpital, celui-ci devait dormir encore et sans doute récupérer d'un sommeil nocturne perturbé par les visites des infirmières.

- Euh, désolé patron de vous appeler si tôt. Vous allez mieux ? J'avais perdu mon portable hier et je n'ai réussi à remettre la main dessus que ce matin. Je viens de voir que Sébastien a essayé de me joindre plusieurs fois. Pour cette raison, je n'ai pas pris le temps d'écouter les messages, j'ai préféré vous appeler tout de suite !

Désireux d'amadouer son employeur, Anthony a parlé d'une seule traite, sans reprendre son souffle. Il a opté pour un mensonge grossier. Il espère que dans son état l'homme d'affaires ne relèvera pas sa nervosité.

-Tu te fous de moi ! Je suis actuellement chez moi. Je suis sorti hier de l'hôpital. Si tu t'étais donné la peine de répondre à mon fils, tu le saurais. Alors écoute-moi bien ! Tu arrêtes de me prendre pour un con avec des excuses à la noix et tu rappliques. Je te donne une demi-heure pour être à la maison. Passé ce délai, tu es viré ! Tu m'as bien compris ? Ah, et pendant que j'y pense ! Tu ramènes le 4x4. Je ne t'ai pas autorisé à l'emprunter !

- Oui Monsieur Toury ! J'arrive tout de suite. Je me mets en route sur-le-champ !

Anthony n'a pas encore fini sa phrase que son patron a déjà raccroché. Secoué par l'ultimatum qui vient de lui être adressé, il met le contact et démarre.

Il rumine alors sa rancœur contre une situation qu'il juge injuste. Au fur et à mesure qu'il se rapproche de la résidence des Toury, le garde du corps est plus déterminé que jamais : Laurent Tillois a gagné un répit mais ne perd rien pour attendre ! Son employeur comprendra dès lors son erreur et ne pourra faire autrement que de le réhabiliter.

*

Michel s'est rendu directement de l'habitation de Ludovic au commissariat. Il est maintenant temps de déclencher l'enquête pour disparition inquiétante. Et que le commissaire ne lui dise pas que son beau-frère a pu passer la nuit chez une femme croisée au hasard d'une rencontre ! Il n'en démordra pas ; Ludovic aime encore trop Émilie pour avoir l'envie de batifoler, alors même qu'il tente encore de recoller les morceaux de son couple.

Une vibration dans sa poche l'avertit d'un appel. Sidonie. Déjà neuf heures et demie. Elle est au travail depuis maintenant une heure. Se pourrait-il qu'elle ait déjà du nouveau ?

- Oui mon amour ! Alors je te manque déjà ?

- Salaud ! Tu es parti comme un voleur ce matin. Tu aurais pu me réveiller par un petit câlin.

- Excuse-moi ! Je n'avais pas la tête à ça. Il fallait que je sache pour Ludovic. D'autant que j'avais raison de m'en faire, il n'a pas dormi chez lui !

- Ne t'en fais pas. Je ne sais pas moi-même comment je réagirais dans un tel contexte. J'ai vu ton petit mot gentil et j'ai bien compris les raisons de ton départ matinal.

Michel est soulagé par la réaction de sa compagne. La crainte d'un nouveau départ de Sidonie aurait été difficile à supporter dans de telles circonstances.

- Mais ce n'est pas pour te dire cela qu'au départ je t'appelais. Par rapport à ta question, sur la possibilité que les véhicules haut de gamme du père Toury soient géo-tracés dans le cadre du contrat d'assurances, je souhaitais te confirmer que c'est bien le cas. Et figure-toi que, grâce à ce gadget digne d'un polar, j'ai réussi à récupérer les mouvements des voitures d'une partie de la flotte de la société ! Et cerise sur le gâteau - roulement de tambour - j'ai détecté un déplacement qui pourrait t'intéresser. Cela concerne un 4x4 BMW qui a été utilisé une partie de l'après-midi. Alors que penses-tu de l'inspecteur Sidonie ?

- Tu as fait du bon travail mais tu sais, c'est plutôt sur la soirée que j'espérais détecter des déplacements suspects.

- Quel rabat-joie, tu es ! Tu aurais au moins pu me féliciter ! Bon, je suis désolée pour toi, mais il y a six véhicules concernés par la localisation GPS et aucun n'a été utilisé après dix-neuf heures.

- Pourquoi, il y en a qui ne sont pas concernés ?

- Uniquement deux et pour ceux-là, je ne peux pas t'aider. Bon, tu veux oui ou non que je te dise pourquoi le 4x4 a attiré mon attention ?

- Oui, je t'écoute !

- Tu m'avais noté les adresses à suivre lors des déplacements. J'ai trouvé un aller-retour entre le domicile d'Anthony Vebler et celui de Laurent Tillois !

- Tu as relevé à quel moment de l'après-midi ?

- Oui, il est arrivé à Loos, à une cinquantaine de mètres de l'endroit où habitent les Tillois, vers quinze heures trente et en est reparti un peu après seize heures. Il s'est ensuite dirigé vers le centre de Lens, s'est garé sur le parking de la mairie pendant plus de deux heures et est rentré chez lui vers dix-neuf heures.

- C'est donc bien lui que j'avais aperçu quand nous faisions le guet. Je ne m'étais pas trompé ! Même si cela démontre seulement que le véhicule n'a pas été utilisé pour l'enlèvement, il est évident que ce type n'a pas la conscience tranquille. Il est désormais évident que nous n'avons que trop attendu pour le placer en garde à vue. Il n'y a plus une seconde à perdre si nous voulons retrouver Ludovic sain et sauf.

Michel se rend compte, qu'obnubilé par la disparition du mari d'Émilie, il s'est trop vite désintéressé du garde du corps. Il a eu tort. C'est dès hier qu'il aurait dû l'interpeller chez lui.

- Je dois te laisser maintenant. J'entends le commissaire qui m'appelle. Et merci pour ton aide. Je promets de t'accorder plus de temps dès que Ludovic aura été retrouvé. Je te tiens au courant si j'ai du nouveau. À ce soir !

À peine le policier a-t-il mis fin à la communication que le commissaire débarque dans son bureau. Il aurait aimé témoigner plus de tendresse à Sidonie avant qu'il ne coupe court à la conversation, mais la situation s'est brusquement tendue et le temps n'est déjà plus aux regrets.

- Christian Toury a quitté l'hôpital hier en début d'après-midi ! Je viens de l'apprendre par hasard en appelant le service pour connaître son heure de sortie. Personne n'a pensé à nous avertir.

- Cela veut dire qu'il pourrait être impliqué dans la disparition de mon beau-frère !

- C'est une éventualité qu'il ne faut pas écarter et je crois qu'une petite visite à son domicile s'impose.

- Et pour Anthony Vebler, je laisse tomber ?

- J'envoie une patrouille chez lui. Toi, tu files te confronter au père Toury. Je te préviens. Ne joue pas au shérif ! Tu marches sur des œufs. Pour le moment, on n'a aucune charge contre lui ! Tu m'as bien compris ?

- J'y vais avec Mustapha. On se contentera de poser des questions et d'ouvrir l'œil au cas où quelque chose attirerait notre attention. Mais je suis lucide : si c'est lui le responsable de l'enlèvement, il y a peu de risque pour qu'il ait commis la bêtise de séquestrer Ludovic dans l'enceinte de sa propriété !

*

La matinée est déjà bien entamée. Ludovic n'a toujours vu personne. La faim le tenaille et il continue à ignorer les motivations de ses ravisseurs.

Est-ce que quelqu'un s'inquiète dès à présent de sa disparition ? Il en doute. À part peut-être, le directeur de l'agence Gérard Lambert qui doit se poser de plus en plus de questions sur son absence prolongée.

Combien de temps faudra-t-il pour que les recherches soient déclenchées ? Quelques heures ? Plusieurs jours ? Plus il y réfléchit et plus le désespoir l'envahit.

Son beau-frère ne désire plus entendre parler de lui et sa propre femme ne le supporte plus. Quant à son père ? Depuis le décès de sa mère, il le voit moins souvent. Il y a plusieurs jours qu'il ne lui a pas parlé et il y a peu de chance que le silence de son fils le préoccupe dans l'immédiat. Dans le cercle familial, il ne lui reste guère que sa sœur Sandra sur laquelle il pourrait éventuellement compter, mais il est devenu inutile d'y songer ; le différend qui les oppose sur la vente de la maison familiale a creusé un fossé entre eux et ils ne sont plus désormais en contact que pour se disputer.

Ne restent que les amis ! Mais en y réfléchissant, il y a peu d'espoir pour que l'un d'entre eux s'inquiète aussi vite. Romain peut-être, avec lequel il a picolé hier et qui l'appellerait pour savoir s'il est bien rentré, mais il n'y croit pas. La vérité est que depuis plusieurs mois, il n'a plus de relations suivies avec personne. Il ne peut s'en prendre qu'à lui-même car il doit bien se résoudre à admettre que son entourage le fuit de peur qu'il ne lui réclame de l'argent. Et en l'occurrence, il est difficile de lui donner tort !

Il est bien obligé de le constater : il est maintenant seul avec sa détresse et il va devoir s'y habituer. Pour un peu, il en viendrait à implorer un Dieu en qui il ne croit pas. Il se surprend pourtant à prier pour que quelqu'un l'aide à se sortir du guêpier dans lequel il s'est fourré.

Mais c'est peine perdu. Il a beau ouvrir grand les oreilles, de sa prison, il n'entend aucun son qui laisserait supposer une présence à proximité. Seul le chant des oiseaux lui parvient ainsi que le clapotis d'une rivière. Ah si seulement il pouvait boire ! La gorge desséchée par ses excès d'alcool de la veille, Ludovic donnerait à cet instant n'importe quoi pour un verre d'eau. Mais il a beau retourner le problème dans tous les sens, il ne lui reste guère d'autre solution pour le moment que de dormir dans la pénombre de sa prison pour tuer le temps.

Il commence à s'assoupir, quand un coup de sifflet lui parvient, suivi d'un aboiement. Serait-ce possible que… Oui ! À n'en pas douter, quelqu'un approche avec un chien !

L'espoir renaît. Ludovic se remet à appeler à l'aide. Les aboiements reprennent de plus belle. Des pas résonnent bientôt près du soupirail. Le jeune homme a bien été entendu. Il semble que sa prière, aussi maladroite soit-elle, a été exaucée !

24

- Quoi ! C'est une plaisanterie !

Émilie vient d'apprendre la disparition de Ludovic et peine encore à en mesurer les implications. Elle pressentait que quelque chose de grave finirait par arriver à son époux, mais elle n'avait pas songé à une telle extrémité. Même si elle n'a pas l'intention de reprendre la vie commune avec lui, elle n'oublie pas qu'elle l'a aimé à une époque pas si lointaine et que c'est le père de ses enfants.

- Crois-moi, nous faisons tout notre possible pour le localiser et identifier les responsables. Je suis actuellement en route pour interroger un suspect, mais je ne peux pas t'en dire plus pour le moment. Je te promets de t'appeler dès que j'ai du nouveau.

- Dis-moi que tu vas le retrouver vivant ?

- Il n'y a pas de raison pour penser que les ravisseurs en veuillent à sa vie. Nous n'avons aucun message de leur part qui le laisse supposer.

- Tout cela est stupide. Nous n'avons pas d'argent et nous sommes endettés jusqu'au cou ! Alors si c'est pour une demande de rançon, c'est du grand n'importe quoi. Et s'ils s'étaient trompés de cible ? Et si tout ça n'était qu'une terrible méprise ?

- J'aimerais le croire mais je ne le pense pas. Je dois raccrocher maintenant. Nous arrivons. Je te recontacte dès que j'en sais plus !

À ce stade, Michel ne peut guère promettre davantage. Si la piste Toury ne se confirme pas, l'enquête sera complexe et incertaine, à moins que les ravisseurs ne commettent une erreur. Il conserve aussi l'espoir qu'ils finissent par dévoiler leurs véritables intentions. Pour l'instant, leurs motivations demeurent floues.

Déjà une demi-journée que Ludovic a été enlevé et toujours pas de revendication. Le compte à rebours est lancé et Michel redoute plus que tout une issue fatale.

Après tout, les Toury ne sont peut-être que la partie émergée de l'iceberg. Que connaît-il finalement de la vie de son beau-frère, en dehors de ce que ce dernier a bien voulu lui dire ? Peut-être son besoin maladif d'argent, destiné à satisfaire ses pulsions de joueur invétéré, l'a-t-il conduit vers des voies encore plus tortueuses ?

*

- Papa ! On a des visiteurs imprévus. Lionel vient de me prévenir. Le capitaine Delattre et un autre policier sont devant le portail et demandent à être reçus !

- Tu restes calme ! Ils n'ont strictement rien contre nous. Ils ont dû découvrir la disparition de Ludovic Sorvier. Ils essaient simplement de mesurer notre degré d'implication dans l'affaire.

- J'appelle maître Tavier, notre avocat ?

- Non, pas tout de suite ! On va déjà voir exactement ce qu'ils nous veulent. Que Lionel les fasse patienter encore deux minutes. Je vais les recevoir.

En donnant ses instructions à son fils, Christian Toury n'est pas particulièrement nerveux. Il savait qu'il serait la première personne suspectée et s'est donc préparé à la confrontation avec les policiers. Les deux hommes n'ont aucune preuve contre lui et il est convaincu que son statut de personnalité en vue les contraindra à la réserve. Une réserve dont il compte bien profiter. La seule ombre au tableau est Anthony, qui a débarqué un peu plus tôt dans la matinée comme il le lui avait demandé. Il n'a pas encore eu l'occasion de faire le point avec lui. Le flou sur son emploi du temps des derniers jours continue à le préoccuper.

- Tu peux assister à la conversation, Sébastien, mais tu me laisses parler ! Une autre chose : je ne veux pas voir Anthony dans les parages pendant toute la durée de l'entretien. Assure-toi qu'il a mis le 4x4 au garage. Je préfère être prudent. Dieu seul sait ce que cet hurluberlu a pu faire ces dernières vingt-quatre heures. Il ne manquerait plus que la police le recherche !

*

En attendant l'ouverture du portail, Michel est une nouvelle fois frappé par la magnificence des lieux. Tout est conçu pour impressionner le visiteur. Du parc parfaitement entretenu au bâtiment imposant qu'on peut entrapercevoir à travers les grilles plusieurs centaines de mètres plus loin.

Il sourit en regardant à la dérobée son coéquipier s'extasier comme lui devant le luxe affiché. Plusieurs vies ne seraient pas suffisantes à tous les deux pour s'offrir une propriété pareille. Combien peut valoir un domaine de cette taille ? À n'en pas douter plusieurs millions d'euros ! La société de Christian Toury doit dégager des bénéfices colossaux pour lui permettre de se payer une telle résidence.

Michel n'a guère le temps de s'interroger plus longuement sur les ressources financières de la famille Toury. Le vigile leur fait signe d'avancer. Mustapha engage lentement le véhicule dans l'allée en découvrant au fur et à mesure de sa progression des nouveaux éléments du décor : un bois, un étang, un court de tennis, une piscine, et comble du luxe, une hélisurface.

Arrivé devant l'imposante demeure, le brigadier Ibrahim, tout comme le capitaine Delattre quelques jours auparavant, constate que la propriété ne comprend pas une, mais deux vastes bâtisses. Toute la famille est réunie en un même espace clos. Mustapha sourit en songeant à sa difficulté à supporter ses beaux-parents. Il n'aimerait pas être à la place de l'épouse de Sébastien Toury. Il ne doit pas être toujours facile d'être la pièce rapportée dans un monde aussi refermé sur lui-même. Même s'il l'admet : l'argent doit fournir une aide appréciable pour supporter l'omniprésence du clan !

Il en est à ce genre de réflexion quand il immobilise la voiture non loin du perron où se tiennent le père et le fils. Un vaste espace gravillonné lui laisse l'embarras du choix pour garer la Mégane de service à côté d'une banale Laguna grise, seul élément discordant du tableau qu'il a devant les yeux.

Les deux hommes ont tacitement convenu que Michel mènerait l'interrogatoire, Mustapha intervenant simplement pour demander des précisions. Le policier a très vite compris que son apparence de fils d'immigré turc ne lui vaudrait que du mépris de la part d'un Christian Toury, manifestement peu au fait de la diversité culturelle.

Michel est maintenant face aux deux membres de la famille. Il se contente de les saluer. Visiblement, l'entretien se fera à l'extérieur. L'officier comprend très vite que rien ne sera fait pour faciliter leur tâche. Heureusement pour lui, le temps froid mais ensoleillé ne rend pas l'exercice trop pénible.

- Bonjour, messieurs ! Je ne me présente pas. Nous avons déjà eu l'occasion de nous rencontrer à plusieurs reprises. Vous connaissez également mon coéquipier, le brigadier Ibrahim.

- Bonjour, capitaine ! Inutile en effet, vous m'aviez fait forte impression à l'hôpital, en dépit de mon état.

- Nous souhaiterions vous poser quelques questions au sujet de la disparition inquiétante d'une personne que vous connaissez peut-être !

- Je vous écoute. De qui s'agit-il ?

- Ludovic Sorvier. Nous avons toutes les raisons de penser qu'il a été enlevé.

- Je suis désolé pour lui, mais je ne vois pas en quoi je peux vous être utile.

- D'après sa femme, c'est un de vos clients. Il connaissait de lourds soucis financiers et avait emprunté à votre société une grosse somme d'argent pour se remettre à flot.

- C'est possible, mais vous savez, je ne connais pas personnellement tous les clients de ma société.

- Même ceux qui tardent à honorer leurs échéances ?

- Nous avons un service de recouvrement pour ce type de problème, capitaine, mais où voulez-vous en venir ? Je n'aime pas trop vos insinuations !

Le climat s'est brusquement tendu entre les deux hommes. Tenus à l'écart, Mustapha et Sébastien observent la scène sans oser intervenir.

- Je n'insinue rien ! J'essaie simplement de comprendre ce qui a pu motiver les ravisseurs de Ludovic Sorvier. L'individu est endetté jusqu'au cou ; ce n'est donc pas une demande de rançon qui explique le rapt. Alors quoi d'autre ? La vengeance ? Mais j'y pense… Votre rétablissement a été plutôt spectaculaire. Votre sortie de l'hôpital ne devait-elle pas intervenir seulement aujourd'hui ? Je suis réellement surpris que vous ayez accepté aussi facilement la thèse du malaise vagal. Dites-moi, cela ne doit pas être facile dans votre monde d'admettre qu'on a pu être la victime d'un simple malaise ? Vous ne craignez pas que cela puisse être ressenti comme un signe de faiblesse ?

– Cela suffit ! Vous dépassez les bornes ! J'en ai plus qu'assez de vos sous-entendus. Dorénavant, c'est à mon avocat que vous aurez affaire. Capitaine, je ne vous retiens pas !

– Nous nous en allons monsieur Toury, mais d'abord une dernière chose, vous faisiez quoi hier soir entre dix-huit et vingt-heures ?

– Je n'ai pas à vous répondre. Cela relève de ma vie privée et maintenant je vous prie de partir !

Michel ne peut faire autrement que prendre congé. Mustapha le précède. Il sent manifestement son équipier désireux de changer d'air. L'attitude de celui-ci ne manque pourtant pas de l'étonner quand il le voit s'accroupir pour resserrer le lacet de sa chaussure, juste avant de prendre place sur le siège du conducteur. La voiture vient à peine de démarrer que Michel explose.

– Mais quel connard ! Et le pire, c'est que cela va encore me retomber sur le dos !

– Ah ça, tu n'as pas fait dans la dentelle ! Heureusement que le commissaire avait parlé de « marcher sur des œufs ». C'est bien l'expression qu'il avait utilisée si ma mémoire est bonne ?

– N'en rajoute pas, je suis assez énervé. En plus, je n'ai même pas pensé à lui demander s'il sait où se trouve Anthony Vebler. Je reste persuadé que ce type n'est pas net. Tout sonne faux chez lui !

- Oui, mais pour l'instant, tu n'as aucune preuve. Je suis d'accord avec toi ; sa réaction me paraît un peu excessive, mais tu l'as aussi un peu provoqué.

- Tu as peut-être raison ! Au fait, j'y songe : cela t'arrive souvent de faire preuve de coquetterie dans des moments pareils ?

- Ah, tu veux parler du soin que j'ai mis à ajuster le lacet de ma chaussure. Regarde !

Avec un petit sourire en coin, Mustapha sort de sa poche un mouchoir en papier contenant de la terre.

- J'ai trouvé les roues et les jantes de la Laguna, à côté de laquelle nous étions garés, anormalement sales. Une Laguna, qui comme par hasard, ne faisait pas partie des véhicules que ta compagne a réussi à tracer. Tu me suis ?

À ces mots, Michel reprend espoir. La perspicacité de son équipier le surprendra toujours. S'associer en patrouille était décidément une bonne idée ! Il ne reste plus qu'à savoir si l'analyse de la terre prélevée sur une des jantes les aidera à retrouver Ludovic. Il ne manquerait plus que le prélèvement opéré par Mustapha ait été récupéré par la voiture de manière fortuite sur un quelconque chantier

25

À quelques kilomètres de là, Ludovic est sur le point de déchanter.

Une clé tourne. Une porte grince, selon toute vraisemblance celle de la porte d'entrée. Il devine alors, plus qu'il n'entend, une personne et un animal se déplacer au-dessus de sa tête. Un bruit de serrure à nouveau puis des bruits de pas qui résonnent sur les marches d'un escalier. Ceux qu'ils espèrent encore être ses sauveurs se rapprochent. Quelques mètres encore. Ludovic les sent maintenant tout près. Seul un simple mur les sépare. Celui qu'il imagine être un homme murmure alors quelque chose à l'oreille d'un chien. Un bref gémissement comme réponse de l'animal, puis la trappe tout en bas du seul accès à sa prison se soulève et un repas contenu dans un sac en papier est poussé à la hâte par l'ouverture.

Durant ce court laps de temps, celui qu'il sait maintenant être l'un de ses ravisseurs ne prononce pas un mot, en dépit des efforts désespérés du jeune homme pour engager la conversation. Indifférent aux appels à la clémence de ce dernier, le visiteur repart comme il est venu, toujours escorté par son chien.

L'unique présence humaine à l'extérieur, depuis que Ludovic s'est réveillé dans son lieu de détention, s'éloigne. Les chants des oiseaux et le bruissement de la rivière proche reprennent leur place. Le père de Jules et Coline est à nouveau seul avec ses questions. Surtout celle qui l'obsède le plus : « Pourquoi moi ? ».

Sa stupeur passée, il se dépêche d'engloutir la nourriture : une banane, un sandwich au jambon et une petite bouteille d'eau. Il n'a pas de quoi être rassasié mais cela lui permet de se concentrer sur autre chose que sa faim.

L'homme est arrivé à pied. Ludovic n'a pas entendu de bruit de moteur. La maison où il est séquestré est donc vraisemblablement à une certaine distance des axes de circulation. Cela peut expliquer l'absence de réaction à ses appels au secours.

Une odeur d'urine lui rappelle avec insistance la précarité de la situation. Ludovic n'a pas eu d'autre choix que d'utiliser les toilettes rudimentaires aménagées dans un angle de la pièce, ce qui lui donne l'impression d'être ramené à l'état de bête sauvage.

Il lui reste un peu d'eau dans la bouteille et il aimerait pouvoir s'en servir pour se rafraîchir le visage. Il choisit cependant de la préserver pour la boisson. Il ignore quand un prochain repas lui sera apporté et il préfère être prudent !

L'espace ne mesure guère plus de deux mètres sur trois et s'allonger sur le sol en brique met son dos à dure épreuve. Ludovic emploie le temps que lui laisse son inactivité forcée pour s'étirer et assouplir ses muscles. Quelques exercices corporels lui permettent de lutter efficacement contre le froid, mais aussi de rester en forme, pour le cas improbable où il serait amené à courir pour échapper à ses ravisseurs.

Après quelques minutes d'activité physique intense, le détenu doit s'arrêter. Il se surprend à manquer d'air. Un regard sur le soupirail lui suffit à réaliser la nature du problème. L'ouverture vers l'extérieur est trop petite pour permettre un renouvellement de l'air suffisamment rapide. Il s'assoit alors pour récupérer ses forces et ne tarde pas à s'assoupir à nouveau.

Un frôlement contre sa jambe de pantalon le réveille brutalement. Un énorme rat vient de s'emparer de la peau de banane qu'il a abandonnée sur le sol. Avare de distraction, Ludovic, malgré le sentiment de répulsion qu'il éprouve envers l'animal, reste immobile et se contente de l'observer les yeux mi-clos. Le rongeur, indifférent à sa présence, traîne prestement l'objet de sa convoitise vers un des murs et disparaît, comme absorbé par la paroi.

La clarté qui filtre du dehors demeure limitée et le mari d'Émilie doit se rapprocher pour découvrir le trou de quelques centimètres emprunté par le rat.

Le salpêtre, favorisé par l'humidité, a fragilisé le ciment. La brique, complétement désolidarisée de l'ensemble, a simplement été poussée par le rat, libérant ainsi un espace suffisant pour son passage. Sous l'effet de la curiosité, il passe sa main dans le renfoncement au risque de se faire mordre, mais ne rencontre que du vide. Une cave ? Le jeune homme l'ignore et la lumière inexistante dans cette partie du sous-sol ne lui permet pas de se faire une idée.

Ludovic passe le doigt sur les joints du mur et réalise à quel point ils sont dégradés. Il ne devrait pas être trop difficile de desceller des briques en nombre suffisant pour accéder de l'autre côté. Avec ses seuls ongles, la tâche lui paraît néanmoins difficile, voire impossible.

Machinalement, Ludovic enfonce la main dans la poche de son blouson et a une révélation. Il sait comment il va procéder.

*

Après le départ des deux policiers, Christian Toury juge que le moment est venu d'avoir l'explication avec son garde du corps.

Le capitaine Delattre a mis ses nerfs à rude épreuve et il a envie de trouver un exutoire à la tension qui l'anime. Anthony sera parfait pour remplir ce rôle. Les récentes initiatives de ce dernier l'ont particulièrement agacé. Il lui faut montrer qui est le patron.

Il le recevra seul. Il ne tient pas à mettre Sébastien au courant de ce qu'il s'apprête à lui dire. Après le savon qu'il va prendre, Anthony voudra se racheter et il ne lui refusera rien. Cela, le chef de clan l'a compris.

Il a mesuré depuis quelque temps l'ampleur de la rage qui couve sous le déguisement d'employé modèle. Il conçoit, sans l'approuver, le besoin viscéral qu'a le garde du corps de vouloir rétablir son honneur. À l'évidence, il n'accepte pas le défaut de vigilance qui a mis en danger la personne qu'il était censé protéger et veut se racheter une conduite. Mais à vouloir à tout prix trouver un coupable, le fidèle collaborateur a fini par se tromper de cible et a mis en danger l'ensemble de la famille Toury.

Gaspiller toute cette énergie dans une entreprise vouée à l'échec était stupide. Christian Toury compte faire entendre raison à Anthony et canaliser sa hargne dans un projet plus utile au clan.

*

De retour au commissariat, Michel fait le point avec le commissaire Girard. Les recherches débutées pour localiser Ludovic n'ont pour l'instant encore rien donné. Les résultats de l'analyse de la terre prélevée par le brigadier Ibrahim ne seront connus que dans vingt-quatre heures, autrement dit, une éternité à l'échelle d'une disparition.

Les policiers, avec l'aide d'Émilie, sont parvenus à identifier Romain, l'ami chez qui il a passé quelques heures la veille. Après quelques bières, Ludovic est sagement rentré chez lui. Il a quitté le logement de Romain un peu après vingt heures, ce qui corrobore l'heure présumée de la disparition.

L'équipe chargée d'interpeller Anthony Vebler chez lui n'a pas davantage eu de réussite. L'homme de main avait déjà quitté les lieux. Interrogée, sa compagne n'a pu - ou voulu - donner la moindre information pour aider à le situer.

La matinée se termine mal. Les enquêtes sont au point mort et Michel désespère de pouvoir retrouver Ludovic. Imaginer le garde du corps dans la nature ne le rassure pas non plus. Il sait l'individu imprévisible et craint toujours pour la sécurité de Laurent Tillois.

Le système de traçage auquel a accès Sidonie devrait une fois de plus lui être utile. Il y a une forte probabilité pour que l'homme ait continué à utiliser le 4x4 ce matin. Il devrait donc pouvoir grâce à elle savoir où ce dernier s'est rendu après avoir quitté son domicile.

*

Anthony n'a pas le moral. Non seulement son patron n'a pas ménagé ses critiques sur son comportement des derniers jours, mais en plus il s'est mis en tête de lui confier une mission qui ne lui plaît pas. Passe encore de pousser quelqu'un dans un fossé avec une voiture pour lui donner une leçon, en revanche ce qu'il lui demande là est très différent.

En général, le rapport qu'il entretient avec la personne dont il doit se charger est plus distant. Il dispose d'une photo. Il se renseigne sur les habitudes de la cible et agit, sans entrer directement en contact avec elle.

Pas cette fois ! Son employeur lui réclame plus. Il lui demande de droguer un individu qu'il retient prisonnier et ensuite de l'abandonner dévêtu dans un bois. Mais avant cela, Christian Toury exige d'Anthony qu'il marque la victime en lui appliquant un souvenir indélébile sur l'épaule droite. Un symbole que l'homme devra supporter jusqu'à la fin de sa vie. Un marquage barbare apposé à chaud représentant un pique de carte à jouer, un message destiné en quelque sorte à rappeler à l'intéressé que l'agression d'un membre de la famille Toury ne demeure jamais impunie !

L'employé ne comprend toujours pas pourquoi son patron s'obstine sur cette personne, ce Ludovic Sorvier : « Il se trompe de coupable. Pourquoi refuse-t-il d'admettre que j'ai raison ? ».

Anthony a pour une fois des scrupules à exécuter l'ordre de son employeur. Il trouve normal d'exercer des pressions sur des payeurs récalcitrants, à l'inverse, torturer quelqu'un qu'il considère innocent le met franchement mal à l'aise.

Après avoir quitté la résidence des Toury, le garde du corps se gare sur le bas-côté de la route. Il n'a qu'une dizaine de kilomètres à parcourir pour rejoindre le lieu de détention. Une ancienne maison d'ingénieur des mines, propriété de l'épouse du chef d'entreprise. Avant cela, il a besoin de se remettre les idées en place. Il n'a pas pu conserver le 4x4 et a dû repartir avec la Laguna. Une humiliation supplémentaire qu'il a pourtant dû encaisser sans broncher.

Dans sa position, il a beau retourner le problème dans tous les sens. Il n'a pas le choix ! S'il veut conserver sa place, il ne peut faire autrement qu'obéir aux ordres sans poser de questions. Désabusé, Anthony observe l'outil de marquage sur le siège passager, soupire et redémarre.

26

Depuis qu'il a découvert l'état de vétusté des murs de la prison, Ludovic n'a pas chômé.

Ses lunettes de soleil étaient dans une des poches de son blouson. Il n'a pas hésité une seule seconde à les sacrifier. Avec l'aide d'une des branches, il a entrepris de creuser le ciment et a réussi à desceller plusieurs briques. Puis avec ses pieds, il est parvenu à agrandir le trou. Déjà fragilisée, la paroi a cédé en partie, libérant un espace suffisant pour se faufiler. Pour une fois, sa musculature peu développée et son extrême minceur lui auront rendu service !

Épuisé, il mesure sa chance. Le mur n'était pas porteur et avait vraisemblablement était construit par un amateur. L'excès de sable dans le ciment, sur un ouvrage déjà dégradé par l'humidité, lui a facilité la tâche. La séparation avait dû être ajoutée lors de la création du lieu de détention.

En débouchant dans la nouvelle pièce dépourvue de lumière, Ludovic peine à s'orienter. Il entreprend de longer les parois. Plusieurs obstacles manquent de lui faire perdre l'équilibre, et en tâtonnant, il finit par trouver un interrupteur. Une lumière spectrale lui révèle un réduit encombré, à l'évidence un débarras, guère plus grand que sa prison. Une porte en bois est le dernier rempart vers la liberté. Le jeune homme plein d'espoir appuie sur la clenche.

Il doit vite déchanter. Malgré ses efforts répétés, l'ouverture sur l'extérieur refuse de s'ouvrir.

À l'inverse de la situation précédente, le captif n'est pas démuni d'outils pour venir à bout de l'obstacle. De nombreux objets hétéroclites ont été entassés pêle-mêle dans le réduit. Il ne lui faut pas longtemps pour faire son choix. Pour une fois, la chance est de son côté.

Les planches ne résistent alors pas longtemps aux assauts répétés d'un pied-de-biche qui, bien que rouillé, remplit parfaitement son rôle. Une dernière traverse récalcitrante et Ludovic se retrouve dans un étroit couloir qui mène à un escalier.

Il gravit quatre à quatre les marches et débouche sur une cuisine, parfaitement en ordre, qui ne paraît pas avoir été utilisée depuis des années. Pressé de respirer l'air libre, il ne prend pas la peine d'inspecter la maison et se précipite vers la porte d'entrée qu'il n'est pas surpris de trouver fermée.

Peu lui importe, il saisit la première chaise qui lui tombe sous la main et l'utilise pour casser une fenêtre de la cuisine. Le double vitrage résiste puis finit par céder dans un grand bruit. Ludovic prend alors un torchon qui traîne et enlève à la hâte les morceaux de verre qui bloquent encore l'accès. Un ultime effort et il se retrouve libre dans un vaste jardin laissé à l'abandon.

Savourer son évasion viendra plus tard. Il doit maintenant sortir de la propriété au plus vite. S'éloigner le plus rapidement possible de la sinistre demeure est devenu sa priorité.

C'est à ce moment qu'un bruit de pas étouffé lui parvient. Quelqu'un approche. Se disant qu'il n'est pas possible d'être à ce point frappé par la malchance, Ludovic n'a que le temps de plonger dans les hautes herbes. L'individu passe à quelques mètres de lui sans le voir et s'arrête devant la porte d'entrée. Il ne reste au fugitif que quelques secondes avant que son évasion ne soit découverte. Avec les traces qu'il laisse sur la végétation luxuriante, il a peu d'espoir de rester inaperçu.

Tant pis, il n'a plus le choix. Un bruit de clé tourne dans une serrure. L'homme pénètre dans la maison. C'est cet instant-là que Ludovic met à profit pour se relever précipitamment et s'enfuir. Les végétaux écrasés par le nouvel arrivant lui facilitent la tâche et il n'a qu'à suivre la piste pour entrevoir rapidement la sortie. Les herbes folles ont maintenant laissé la place à un chemin en terre. Le sol lourd, en partie défoncé par le passage récent d'un véhicule, ne rend pas sa progression aisée et monopolise toute son attention. Le souffle court, Ludovic peine à conserver son équilibre.

Un bruit derrière lui le pousse malgré tout à accélérer. Un regard par-dessus son épaule lui confirme alors ce qu'il craignait. Son geôlier s'est lancé à sa poursuite et se rapproche dangereusement.

Un dernier mètre pour atteindre le portail resté ouvert. Ludovic sent l'air commencer à lui manquer. Son manque de condition physique joue contre lui. Il aperçoit une Laguna garée à une dizaine de mètres et fait le pari de l'atteindre. Un dernier sprint. La portière est ouverte. Les poumons en feu, il s'installe au volant, espérant un miracle qui n'arrive pas. Dans le rétroviseur, il voit arriver l'homme au pas de course, les clés de la voiture ostensiblement à la main. Il n'a pas le loisir de se poser davantage de questions. Son poursuivant ouvre brutalement la porte et lui donne un violent coup de poing au visage.

Ludovic sombre presque aussitôt dans l'inconscience. Tout au plus avant de s'effondrer, a-t-il le réflexe de s'étonner de la présence de l'étrange objet, orné d'un pique de carte à jouer, abandonné sur le siège passager.

*

Anthony a eu chaud. Il ne s'en est pas fallu de beaucoup pour que le prisonnier ne réussisse à s'évader. Il serait arrivé une minute plus tard et il était assuré de devoir pointer au chômage. Après l'engueulade de ce matin, son patron n'aurait pas admis un nouvel échec.

Avant d'accomplir la deuxième partie de sa mission, il prend soin de ligoter les pieds et les mains du corps inanimé et de le transférer dans le coffre de la voiture pour ne pas attirer l'attention.

Une rapide visite de l'intérieur de la maison lui permet de comprendre la méthode utilisée par Ludovic Sorvier. En voyant la branche de lunettes complétement tordue abandonnée sur le sol de la prison, il ne peut s'empêcher de ressentir une certaine admiration. À l'inverse, le peu de sympathie qu'il éprouvait déjà à l'encontre de Tarek ne s'en trouve pas grandi. Comment ce dernier a-t-il pu être aussi négligent lors de la fouille du prisonnier ? Participer à un enlèvement requiert quand même un minimum de compétences. Nul doute que s'il avait été présent, cela ne se serait pas passé comme ça !

Les larges ornières laissées devant la maison lui en disent plus encore sur la bêtise du responsable de la sécurité. Il a pris le risque de s'embourber dans une terre humide et grasse pour ne pas avoir à porter le corps sur une trop longue distance. Anthony comprend mieux l'état de la Laguna quand il l'a récupérée. Tarek aurait pu au minimum se donner la peine de la nettoyer.

Christian Toury ne lui a pas donné d'instruction particulière sur le lieu de libération du prisonnier. Il a le souvenir qu'il lui a parlé d'un bois. Le bois de Vimy à une quinzaine de kilomètres conviendra parfaitement. Suffisamment vaste, il dispose d'emplacements discrets où il devrait être possible de se garer sans attirer l'attention ! C'est tout ce qu'il lui faut.

*

Sidonie n'a pas perdu de temps. Moins d'une demi-heure plus tard, son compagnon avait le renseignement demandé. Une belle invention, le traceur GPS. Dommage qu'il faille passer officieusement par un assureur pour pouvoir l'utiliser ! Les possibilités pour la police de recourir à ce type de technologie demeurent trop encadrées. Les lois sur la protection de la vie privée sont passées par là. Cela protège le citoyen mais nuit à l'efficacité de l'action des forces de l'ordre.

Sidonie a découvert qu'Anthony Vebler, après avoir quitté son habitation, était allé chez Christian Toury. L'heure de son arrivée ne laisse aucun doute. Il était présent au moment où Michel avait une discussion animée avec son patron. Le policier peut s'en vouloir de ne pas avoir abordé le sujet quand il était sur place. Depuis le 4x4 n'a pas bougé, mais cela peut aussi vouloir dire que le suspect est reparti avec une autre voiture.

Il ne peut retourner à la résidence des Toury sans un motif solide. L'avocat de la famille a déjà joint le commissaire Girard qui n'a guère apprécié le manque de tact de l'officier. D'autant que ce dernier, en s'y rendant une nouvelle fois, serait bien en peine d'expliquer comment il a appris la présence d'Anthony Vebler dans la propriété de l'homme d'affaires !

L'enquête est au point mort. À ce stade, retrouver l'employé de Christian Toury est devenu une priorité. Un avis de recherche a été lancé dans tous les commissariats de la région. Il ne reste plus qu'à attendre les résultats.

Émilie l'a déjà appelé par deux fois. Michel n'a pas répondu à sa sœur. Il ne saurait quoi lui dire pour la rassurer. Par désespoir de cause, il décide de se rendre chez l'épouse du garde du corps. Il caresse encore l'infime espoir qu'elle ait été contactée, et qu'avec un peu de chance, il lui ait communiqué son emploi du temps des prochaines heures.

*

- Tu as eu des nouvelles de cet Anthony depuis que tu as annulé votre soirée bricolage ?

Hélène continue à être inquiète. Le hachis parmentier qu'elle mange du bout des lèvres a du mal à passer. Toujours ce mauvais pressentiment qui ne la quitte pas ! Elle sent au plus profond d'elle-même qu'ils n'en ont pas encore fini avec lui. Un sentiment de malaise tenace perturbe ses nuits et la maintient en état de stress permanent.

À l'inverse, son mari persiste à vivre comme si de rien n'était. Déplorant presque l'utilisation d'une excuse bidon pour remettre la séance de bricolage. Laurent a l'impression d'avoir fait preuve d'une prudence excessive et en arrive à se reprocher d'avoir écouté sa femme. Pour un peu, il reprogrammerait bien la réparation de la porte pour le prochain week-end. Alors oui, il doit admettre que la question de sa femme l'agace.

- Non, pas plus que toi ! Pourquoi, tu aimerais que je l'invite à manger dimanche ?

- Ah, ne fais pas du mauvais esprit ! Tu sais parfaitement pourquoi je ne désire plus le voir chez nous. Je reste toujours persuadée qu'il ne te veut pas que du bien. Ce mec n'est pas clair. Tu es vraiment aveugle pour ne pas t'en rendre compte !

- Et toi, tu vois des tueurs en série partout ! Tu as de la chance, nous n'avons plus rien d'adolescents boutonneux, sinon nous aurions pu craindre un scénario digne d'un film d'horreur.

- Tu te moques encore de moi. Tu es vraiment sans cœur. Puisque c'est comme ça, tu peux repartir travailler. Je ne vois d'ailleurs pas pourquoi tu rentres le midi, si c'est constamment pour me dénigrer. Tu devrais manger avec tes collègues de travail. Au moins là, tu pourrais déblatérer sur mon dos sans que j'en souffre. Je sais ce que tu penses de mes visions, mais quand tu comprendras que j'ai raison, il sera trop tard !

Sur ces mots, Hélène quitte la salle à manger en claquant la porte et part se réfugier dans sa chambre à l'étage. Laurent revit une scène à laquelle il a déjà été confronté à plusieurs reprises ces derniers mois. Mais à l'inverse des autres fois, il n'éprouve pas à cet instant l'envie d'une réconciliation immédiate. Il trouve l'attitude de sa femme puérile et ridicule. Il aimerait qu'elle en prenne conscience.

Il a peu d'amis. La paranoïa de sa femme commence à déteindre sur lui. Il a annulé un peu hâtivement une soirée dont il s'était fait, paradoxalement, une joie. Il le regrette.

Hélène doit passer la soirée avec une amie. Cela tombe bien. Anthony est peut-être libre. Après tout, ce n'est pas comme s'il faisait venir une strip-teaseuse.

À force de concessions à sa femme, Laurent a le sentiment de perdre son âme. Son ami Thomas a raison : c'est sa femme qui porte la culotte, et au fil des ans, il s'est transformé en un parfait petit toutou.

Eh bien, c'est décidé. À partir de maintenant, ça va changer !

27

Anthony déteste ce qu'il se prépare à faire. Il a branché l'outil de marquage sur l'allume cigare pour en charger la batterie. Il attend désormais que l'extrémité, fixée au symbole emblématique des jeux de hasard, soit suffisamment chaude pour l'appliquer sur l'épaule de la victime.

Il est surpris par la durée de l'évanouissement de Ludovic. Le coup qu'il lui a donné au visage ne paraissait pourtant pas si appuyé. Des heures de musculation en salle de sport ont dû lui conférer une force qu'il ne soupçonnait pas.

Anthony a commencé à dévêtir le prisonnier, ne lui laissant que son jean et ses baskets. Il a orienté le corps dans le coffre de façon à pouvoir facilement appliquer la marque sur l'épaule, puis a pris soin de resserrer les liens pour s'assurer que le captif ne puisse s'enfuir.

La chaleur est maintenant suffisante pour que le pique puisse imprimer sa trace indélébile. L'employé, désireux de retrouver les grâces de son patron, débranche l'appareil et se dirige vers l'arrière du véhicule. Le corps a légèrement bougé, mais comme l'homme donne toujours l'impression d'être inconscient, Anthony attribue le déplacement à un réflexe spontané.

Il pose donc l'outil sur le sol et se penche pour remettre le détenu inanimé dans la bonne position. C'est le moment précis que ce dernier choisit pour détendre ses jambes.

Ludovic utilise toutes ses forces pour atteindre le bas ventre de celui qui est sur le point de le mutiler. Le peu d'élan dont il dispose le fait malheureusement manquer sa cible. Le but est pourtant atteint. Anthony est surpris par la manœuvre, et en voulant éviter la tentative désespérée, perd l'équilibre et bascule en arrière.

Ce qui aurait pu n'être qu'une chute sans gravité, pour un athlète de sa carrure, se révèle avoir des conséquences inattendues. En tombant, il heurte violemment une souche de la tête et perd connaissance.

Ludovic n'en revient pas. Son idée de simuler un état d'inconscience prolongé a réussi. Il est arrivé à venir à bout de l'homme qui s'apprêtait à le torturer. Sa joie est néanmoins de courte durée. Il est toujours entravé et il lui faut se libérer avant que son ravisseur ne reprenne ses esprits.

Ludovic réfléchit à toute vitesse aux différentes options qui s'offrent à lui. D'abord sortir du coffre, il verra comment se défaire des liens dans un second temps. Il est déjà parvenu à sortir les jambes. Il lui reste à accomplir un ultime effort.

À force de ténacité, en s'appuyant sur les coudes et en se contorsionnant, il parvient à propulser le reste de son corps hors du coffre. Dans l'incapacité de contrôler sa chute, il se réceptionne lourdement sur le sol.

À moitié étourdi, il aperçoit à quelques dizaines de centimètres de son visage, le curieux objet qu'il avait entrevu sur le siège passager lors de sa capture. L'extrémité rougie lui rappelle un fer à souder. Il ne prend pas le temps de se poser la question de sa présence sur les lieux. La source de chaleur devrait lui permettre de venir à bout des liens en plastique qui l'entravent.

Ludovic a vu juste. Ceux-ci, aussi résistants soient-ils, ne tardent pas à fondre.

Moins de cinq minutes plus tard, le jeune homme est libre. Ses poignets comportent désormais plusieurs traces de brûlure, mais cela lui importe peu. Terrifié à la pensée que son kidnappeur revienne à lui, il récupère le reste de ses affaires dans la voiture et s'éloigne à la hâte, sans même songer à utiliser la Laguna pour s'enfuir.

Au début, ses membres inférieurs, endoloris par une trop longue immobilisation, peinent à supporter le poids de son corps. C'est en titubant qu'il parcourt les premiers mètres, puis très vite, le sang circule de nouveau normalement. Il peut alors courir et rejoindre une des routes d'accès au bois.

Un regard par-dessus son épaule lui permet de constater que personne ne le suit. Il frappe à la porte de la première maison qu'il aperçoit. Un retraité méfiant lui ouvre. Une courte explication et la vision de sa mine défaite convainquent le septuagénaire de le laisser entrer. La porte refermée, Ludovic peut enfin respirer. Sa tentative d'évasion a définitivement réussi.

Petit à petit, le jeune homme se remet de ses émotions. Des tremblements persistants dans les mains sont les signes tangibles de l'épreuve qu'il vient de traverser. Après quelques minutes, sa fréquence cardiaque revient à la normale. Sa première réaction est alors d'utiliser le téléphone fixe de son hôte providentiel pour appeler Émilie. La police, pour peu qu'elle se soit rendu compte de sa disparition, attendra !

Ludovic s'apprête à contacter son épouse, quand dans un éclair de lucidité, il comprend brutalement à quoi l'outil qui lui a permis de se libérer était destiné. Il se laisse alors tomber dans un fauteuil sans réaction. Marqué comme un vulgaire bovin, voilà ce à quoi il vient d'échapper !

La voix inquiète du retraité le fait pourtant rapidement sortir de sa torpeur. Ce n'est pas le moment de flancher : il doit prévenir Émilie. Il saisit le combiné du téléphone et entreprend de composer le numéro de sa femme.

*

Un bourdonnement insistant, puis plus rien. Des bruits d'oiseaux. Des craquements discrets. Anthony perçoit d'abord des sons, avant de sentir un goût de terre dans la bouche. Un piétinement proche lui fait entrouvrir les paupières. Les pattes d'un animal passent devant lui à une dizaine de mètres tout au plus.

L'homme de main ouvre complètement les yeux et relève lentement la tête. Un jeune chevreuil détale.

Un mal de crâne lancinant martèle les tempes du garde du corps. Il passe la main dans ses cheveux. Une entaille laisse échapper un peu de sang. La blessure semble heureusement sans gravité. Anthony peine à rassembler ses esprits. Un regard autour de lui confirme ce qu'il pressentait déjà. Le prisonnier s'est enfui.

Comment a-t-il pu se laisser berner par un procédé aussi grossier ? Il aurait dû être plus prudent et s'apercevoir que l'homme simulait la perte de conscience.

Combien de temps est-il resté sans connaissance ? Un coup d'œil sur sa montre ne tarde pas à le renseigner. Près d'une heure. Inutile, après tout ce temps, d'espérer retrouver le souffre-douleur de son employeur. Il doit être loin.

Anthony réalise brutalement que la première démarche du fugitif a dû être de prévenir ses proches, mais aussi la police. Il doit partir. Les forces de l'ordre sont susceptibles d'arriver à tout instant.

Un bourdonnement à nouveau. Complètement revenu à lui, il reconnaît la vibration de son téléphone. Quelqu'un l'appelle. Avec appréhension, il lit le nom qui s'affiche sur l'écran, redoutant de voir apparaître celui de son patron : Laurent Tillois !

Que peut-il bien lui vouloir ? Ce n'est ni l'endroit, ni le moment pour décrocher. Il doit d'abord s'écarter de la zone sans plus tarder.

Il efface les traces de son passage et monte dans la Laguna. Les clés sont restées sur le contact. Cet imbécile n'a pas pensé à les prendre ou à s'enfuir avec la voiture. Tant mieux ! La chance n'a pas beaucoup été de son côté ces derniers jours.

Il vient à peine de rejoindre la route qui traverse le bois que les premiers gyrophares font au loin leur apparition. Anthony prend la direction opposée, en espérant ne pas avoir été repéré. Il sait déjà qu'il va être contraint de changer rapidement de véhicule. Ludovic Sorvier a vu la Laguna. C'est d'abord elle que la police va essayer de localiser. Il doit s'en débarrasser au plus vite et trouver un autre moyen de locomotion.

Il lui reste maintenant à espérer que les barrages n'aient pas encore eu le temps de se mettre en place ! Pour cela, il est confiant. Sa connaissance des petites routes de la région devrait pouvoir l'aider.

Une autre question taraude également l'homme de main. Ludovic l'a-t-il suffisamment vu pour pouvoir l'identifier ? Compte tenu de l'état de tension dans lequel il se trouvait, pas certain qu'il ait pris le temps de le dévisager. Il a donc encore un petit espoir de s'en tirer, à la condition qu'il survive à la colère de Christian Toury !

*

Assis devant son ordinateur, Laurent pianote distraitement sur son clavier. Il n'aime pas repartir au travail sans embrasser sa femme, mais il ne supporte plus qu'elle l'infantilise. Dorénavant, il va reprendre sa vie en main et assumer ses propres décisions.

Reprendre contact avec Anthony lui tenait à cœur. Il a donc pris son téléphone et composé le numéro. Il a même profité de l'occasion pour l'inscrire dans le répertoire.

Néanmoins après deux tentatives, l'enthousiasme a laissé place à la déception. Son correspondant n'a pas pris la communication.

Le jeune senior ne s'est pas démotivé et a résolu d'attendre une heure avant un nouvel essai. Et cette fois, il lui laissera un message. Laurent ne maîtrise pas très bien les subtilités de la profession de garde du corps mais il reste persuadé que seule une bonne raison peut expliquer son silence.

Après tout, sinon pourquoi refuserait-il de prendre son appel ?

28

- Commissaire, regardez ce que je viens de découvrir sur le fil d'infos de la Dépêche du Nord. Lisez ça !

En prenant la tablette que lui tend le brigadier Ibrahim, le commissaire Girard découvre le titre racoleur. Il n'en revient pas. À sa connaissance, aucune information sur l'enquête n'aurait dû filtrer. Il était certain d'avoir donné à ses hommes des instructions très précises à ce sujet. Sans attendre, il commence à parcourir l'article avec une certaine fébrilité :

« **Dénouement heureux dans une mystérieuse affaire d'enlèvement : la victime réussit à échapper à ses ravisseurs !**

Ce matin, nous avions évoqué brièvement la disparition inquiétante d'un habitant de Lens, Ludovic Sorvier. Il a fallu finalement moins de vingt-quatre heures pour que cette affaire trouve une issue heureuse.

L'enquête sur la disparition de ce jeune Lensois a, depuis cet après-midi, franchi une nouvelle étape qui a conduit le parquet de Béthune à ouvrir une information judiciaire pour enlèvement et séquestration. La police espère pouvoir identifier le lieu de détention à partir des éléments fournis par la victime.

Les motivations des ravisseurs demeurent floues. La piste de la rançon serait écartée, l'habitant de la cité minière ne disposant pas d'une fortune personnelle. La vengeance ou un différend d'ordre financier pourraient être des hypothèses.

Le récit que Ludovic Sorvier a livré sur sa détention a été édifiant. Ses ravisseurs étaient particulièrement déterminés - il n'a pas su en préciser le nombre -, et juste avant sa fuite, l'un d'entre eux s'apprêtait à le mutiler en le marquant au fer - un fer en forme de pique de carte à jouer - ce qui pourrait orienter les enquêteurs vers un motif lié à une dette de jeu.

Le jeune homme ignore ce qui était prévu ensuite le concernant. L'abandonner sur place, le tuer, le garder prisonnier ? Toutes les possibilités même les plus sordides peuvent encore être envisagées. Tout au long de son calvaire, aucun de ses geôliers n'a jamais prononcé un mot. Tout au plus, a-t-il cru entendre celui qui lui a apporté un repas dans la matinée, calmer son chien en l'appelant « Sultan » ou « Zoltan », mais il n'en est plus sûr.

La zone boisée d'où il a réussi à s'échapper, située dans le bois de Vimy, une commune proche de Lens, était déserte quand les forces de l'ordre sont arrivées sur place. Sa surface a été étudiée attentivement par la police scientifique et des traces de sang ont pu être récupérées sur une souche. Il est possible qu'elles permettent l'identification d'un des ravisseurs, pour peu que l'ADN récupéré sur les prélèvements figure sur le fichier national des empreintes génétiques !

La victime est demeurée plusieurs heures dans un bureau du commissariat de Lens pour essayer de mettre un nom sur le visage de son ravisseur. Étonnamment, la photo d'un dénommé Anthony Vebler, principal suspect dans cette affaire, n'a rien déclenché chez lui, à tort ou à raison. Un blocage émotionnel ne peut être exclu.

Naturellement, nous ne manquerons pas de vous tenir informés des futurs rebondissements de cette affaire peu banale qui n'a pas fini de faire parler d'elle ! »

À peine a-t-il terminé la lecture de l'article que le commissaire Girard entre dans une rage folle :

« Encore un qui n'a pas réussi à tenir sa langue face à un journaliste ! ». Son enquête est sabotée par la faute d'un membre de son équipe trop bavard. Maintenant, non seulement Anthony Vebler, à ce stade toujours présumé innocent, va savoir qu'il est activement recherché, mais en plus les Toury vont se méfier - parce que ce sont eux qui sont responsables de l'enlèvement, il en est sûr. Encore un formidable gâchis par la faute d'une pipelette qui ne perd rien pour attendre dès qu'il sera parvenu à l'identifier.

Il y a quand même quelque chose de curieux dans l'énoncé des faits qu'il vient de découvrir. Trop documenté, trop précis pour une simple fuite en interne. En parcourant une deuxième fois l'article, il retrouve le passage qui le perturbe. Celui évoquant le nom du chien des ravisseurs. Pendant le débriefing, Ludovic Sorvier ne l'a jamais prononcé ! Il en est certain. Alors, d'où peut bien venir l'information ?

*

Peu avant que son beau-frère ne soit retrouvé, Michel a rendu visite à l'épouse d'Anthony.

La visite n'a pas été inutile. La jeune femme s'ennuyait et avait envie de parler.

Elle a appris au policier que son mari était d'une humeur exécrable en commençant sa journée. Elle n'a pas compris pourquoi, mais il a senti au son de sa voix qu'elle en voulait encore à son conjoint. Elle l'a malgré tout décrit comme un homme attentionné, même si, depuis quelques jours, elle avait remarqué chez lui des signes de nervosité inhabituels.

De retour au commissariat, Michel reprend les notes où il a fidèlement retranscrit les propos de l'épouse Vebler.

Concernant l'emploi du temps de son mari, une fois mise en confiance, elle a révélé le peu qu'elle savait :

« Anthony n'est pas rentré déjeuner et il n'a rien dit sur son heure de retour. J'ai simplement eu la consigne de ne pas l'attendre pour dîner. »

C'est davantage sur les activités de la société Toury, quand elle s'est mise à évoquer son cas personnel, qu'elle a fourni sans le vouloir des indications potentiellement précieuses pour la suite de l'enquête :

« Je ne travaille plus. J'ai été licenciée récemment et je cherche un nouveau travail. J'ai tenté de me faire embaucher comme secrétaire dans la même entreprise que mon mari, mais je n'ai pas réussi. Je me demande d'ailleurs ce qu'ils trafiquent dans cette boîte, car même Anthony n'a jamais été très bavard sur le sujet. Une seule chose est sûre, la société brasse beaucoup d'argent. »

Mais ce sont surtout les dernières paroles de madame Vebler qui ont retenu l'attention de Michel. Oubliant toute prudence et notamment à qui elle s'adressait, elle a alors ajouté :

« Une fois, j'ai surpris un soir Anthony en train de cacher un sac plein de billets au fond d'une armoire. Le lendemain, lorsque j'ai voulu les compter - par simple curiosité, bien entendu -, le sac avait disparu. Pourtant, vous savez, je connais bien mon mari. Il est honnête et je le crois incapable de faire quelque chose de mal ! Alors j'ai fini par me persuader que c'était sans doute de l'argent qu'il n'avait pas eu le temps de mettre dans le coffre de son entreprise avant de rentrer chez lui ! ».

C'est en prenant congé peu après, que Michel a eu le sentiment qu'elle lui en avait dit bien plus qu'elle ne l'aurait souhaité. Incroyable qu'elle n'ait même pas soupçonné le caractère illégal de la détention, même provisoire, d'une telle somme en liquide ! Elle doit vraiment lui faire confiance à son homme pour le soutenir sans réserve de cette façon.

« Rien de tel que l'ennui et la frustration pour délier les langues féminines, et mon physique de beau gosse, bien entendu ! », a-t-il alors songé avec un sourire.

Assis depuis dans son bureau à relire le détail de ses notes, il a l'intuition qu'il tient quelque chose. L'opulence manifeste de la famille lui a toujours paru louche et en contradiction avec les revenus qu'on peut attendre d'une société de conseil.

De plus en plus, il pense à des opérations de blanchiment d'argent. Trafics, corruption, extorsion ou « optimisation » fiscale grâce à des transferts de fonds douteux. Difficile à dire à ce stade. Même si Michel penche pour la dernière hypothèse, la plus proche de l'activité officielle de l'entreprise : le conseil en gestion de patrimoine.

*

Ignorant les nuages qui s'amoncellent au-dessus de sa tête, Anthony demeure convaincu que rien ne le rattache à l'enlèvement et que, paniqué comme il l'était, Ludovic n'a pas pris le temps de détailler son visage pour l'identifier formellement.

Désireux de se débarrasser de la Laguna au plus vite, il a jeté son dévolu sur une Renault Mégane, à sa connaissance une des voitures les plus faciles à voler, ce qu'il a pu vérifier sans difficulté.

Le deuxième avantage du véhicule, qu'il conduit maintenant depuis quelques minutes, est qu'il est très répandu et donc difficile à identifier dans la circulation. En plus, la teinte blanche de la Mégane lui convient parfaitement. Une couleur passe-partout, idéale pour se fondre encore plus dans la masse.

Pour peu qu'il soit vigilant et qu'il veille à ne pas attirer l'attention, il dispose de plusieurs heures devant lui pour réaliser ce qu'il projette.

Quel imbécile ce Laurent, il aurait dû écouter sa femme ! Il a été bien inspiré de le rappeler. À son ton plaintif, il a eu la confirmation de ce qu'il avait soupçonné quand il l'avait rencontré en début de semaine : ce lâche est un faible, complètement dominé par son épouse.

Se confondant en excuses d'avoir dû reporter leur rendez-vous de la veille, cette lavette l'a presque supplié de l'aider à réparer la porte de la cave. Lui suggérant de passer ce soir s'il le pouvait en lui précisant même que sa femme serait absente une bonne partie de la soirée. Anthony a presque eu l'impression qu'il envisageait autre chose qu'une simple séance de bricolage, tant il insistait.

Alors bien sûr le garde du corps a accepté, pour la simple et bonne raison qu'il n'a pas renoncé. À ce stade, obtenir des aveux de Laurent pour l'agression de son patron est devenu une priorité. De toute façon, il n'a plus le choix. Sans cela, l'évasion de Ludovic Sorvier ne lui sera pas pardonnée.

Au mieux, il sera licencié. Au pire, Christian Toury lui fera payer son incompétence et il n'ose imaginer comment !

29

Le contenu de l'article de la *Dépêche du Nord* est rapidement remonté aux oreilles de Christian Toury. Tarek, qui ne porte pas spécialement Anthony dans son cœur, s'est empressé de relayer l'information à son employeur.

Le chef de clan a peu apprécié la nouvelle bévue de son homme de main. Il craint que ce dernier ne finisse par être interpellé par la police : « Ce crétin en sait beaucoup trop. S'il lui prenait l'envie de raconter ce qu'il sait à un flic, même avec un bon avocat, la famille risquerait gros. Très gros même ! ».

Plus d'une fois, il a utilisé son garde du corps pour assurer des transferts de fonds, et avec du recul, il le regrette amèrement. Il aurait dû prendre des mesures pour s'en séparer quand il était encore temps. Ses sautes d'humeur, son manque de concentration, son incapacité à reconnaître ses erreurs. Tout aurait dû l'alerter. Lui qui d'habitude est réputé pour son flair !

Son imprévoyance risque maintenant de mettre à mal ce qu'il a mis toute une vie à bâtir.

En cette fin d'après-midi, assis sur la terrasse, il parcourt du regard avec fierté le parc arboré de sa propriété. Il pense à tout ce luxe dont il aime s'entourer et dont il serait désormais incapable de se passer : les chasses qu'il organise dans un bois privé où sont invités ses clients les plus fortunés ; la piscine intérieure où il prend plaisir à nager le matin quand le soleil est à peine levé ; le court de tennis où il a pris l'habitude d'échanger quelques balles le soir avec son petit-fils. Renoncer à tout ça et risquer la prison par la faute d'un employé incompétent, il ne peut l'accepter !

Il a construit tout cet empire à la force de ses mains. Il a régulièrement dû utiliser des méthodes qui peuvent être considérées comme immorales par le commun des mortels, mais n'est-il pas vrai qu'on n'a rien sans rien ? La fortune ne sourit-elle pas aux audacieux ? Et si parfois il a dû menacer quelques mauvais payeurs pour obtenir le règlement d'anciennes dettes, ce n'était finalement pas bien méchant.

Anthony s'est parfois montré un peu impulsif pour obtenir des résultats et Christian Toury le regrette. Le financier désapprouve l'utilisation du 4x4 comme moyen de pression. Avec du recul, il se rend aussi compte à quel point l'enlèvement de ce Ludovic Sorvier était stupide. Enfin, sans la bévue de son employé, tout se serait bien terminé et on n'en parlerait plus. Son agresseur se serait simplement retrouvé en sous-vêtement dans un bois avec une magnifique marque sur l'épaule.

Et alors, certaines personnes paient pour subir ce type de prestation ! Que d'histoires pour si peu !

Plus il réfléchit à ce qui lui arrive, plus Christian Toury se focalise sur Anthony. Sans cet abruti, que pourrait-on lui reprocher ? Même les menaces sur les enfants de Ludovic Sorvier sont impossibles à rattacher à lui. La photo ayant été envoyée à partir d'un téléphone jetable. En fin de compte, toutes ses activités sont irréprochables. Aux yeux de la communauté, c'est quelqu'un de respectable qui participe à la vie locale. Il a même financé la construction de la salle de sport de sa commune, ce qui n'est pas rien !

La décision qu'il s'apprête à prendre est radicale, mais il ne voit pas d'autres solutions. Il va utiliser l'antagonisme entre les deux hommes pour régler le problème.

Il connaît Tarek. Il lui a trouvé du travail alors que personne ne voulait l'embaucher à cause de ses antécédents judiciaires. Il obéira sans discuter et saura se montrer discret.

Christian Toury est confiant. À partir de maintenant, les heures d'Anthony Vebler sont comptées.

*

- Tu n'as quand même pas fait ça ?

Devant l'aveu d'Émilie, Michel est sidéré.

- Écoute-moi jusqu'à la fin avant de me critiquer ! Dès que Ludo m'a appelée, bien évidemment, ma première réaction a été de te prévenir. Et puis quand tu m'as recontactée une heure plus tard, pour me confirmer qu'il avait été retrouvé, j'ai enfin été libérée du poids qui m'oppressait. Finalement, j'étais soulagée mais cela ne mettait pas fin à mes soupçons le concernant. J'avais toujours cette question qui continuait à m'obséder : comment était-il parvenu à réunir suffisamment d'argent pour solder une partie de ses dettes ?

- Je ne vois pas le rapport avec ta trahison !

- Tu ne saisis donc rien ! Ludo a fini par m'avouer qu'il avait bien détourné de l'argent. Je l'avais titillé sur le sujet au téléphone. Cela a dû le travailler, car il m'a envoyé un message peu de temps après ton appel pour me le confirmer !

- Je dois être stupide, mais je ne vois toujours pas le rapport entre tes problèmes conjugaux et ta confession à la *Dépêche du Nord* !

- J'ai réalisé que si Ludo plongeait, ça aurait des conséquences pour l'ensemble de la famille. Enfin Michel, essaye simplement de te mettre à ma place ! Je n'ai pas l'intention de revenir sur ma décision de le quitter, mais je veux aussi préserver les enfants. Alors je n'ai pas hésité ; j'ai sauté sur l'occasion. J'ai pensé que son enlèvement et sa libération en moins de vingt-quatre heures représentaient une occasion inespérée pour redorer son blason. Tu sais comme moi que c'est le genre de récit dont raffolent les médias. J'ai utilisé ce que vous m'aviez rapporté tous les deux de l'affaire pour contacter un journaliste de la *Dépêche*. Celui-ci a été très réactif, et moins d'une heure plus tard, l'article était en ligne. Je suppose qu'il a bénéficié aussi d'une complicité au commissariat. Un de tes collègues a dû lui confirmer mes dires, en y ajoutant quelques détails, et il a sauté sur l'occasion. Tu penses bien qu'une histoire pareille, ça ne se refuse pas !

- Tu te rends compte que tu as sans doute torpillé l'enquête ! Je ne me suis pas méfié et tu t'es servie de moi. Nous n'avions que des présomptions contre Anthony

Vebler, et d'un seul coup, tu l'as transformé en coupable. Ton ami journaliste n'a même pas pris la peine d'indiquer « présumé innocent » dans son article. Et je ne te parle pas non plus des éléments d'une enquête en cours qui ont été divulgués, alors qu'ils auraient dû rester secrets !

- Tu es dur avec moi ! Maintenant, même le responsable d'agence aura un doute sur la réalité du détournement. Il pensera qu'un homme capable d'un tel courage ne peut être capable d'un acte aussi abject. Je suis sûre qu'il finira même par se demander si le fils de cette vieille dame n'a pas essayé d'extorquer des fonds à la banque en utilisant de façon opportune une panne informatique.

- Tu divagues complètement. Tu te rends compte que tu es en train de cautionner l'attitude irresponsable de ton mari !

- Je veux simplement protéger les enfants. Mais tu ne peux pas comprendre ; toi, tu n'en as pas !

Devant ce coup bas, Michel préfère couper court à la conversation. Il en a de toute manière assez entendu pour aujourd'hui. Il a plus urgent à faire que de continuer à écouter sa sœur se justifier. Il lui faut retrouver Anthony Vebler et le forcer à avouer le rôle des Toury dans cette sinistre farce !

*

En cette fin d'après-midi, le garde du corps est stationné à une vingtaine de mètres de la demeure des Tillois. Il guette le retour du travail de Laurent.

La maison semble vide. Aucun véhicule visible dans l'allée. Le propriétaire des lieux a dit vrai : sa femme est absente.

Il y a peu de chance pour qu'elle ait garé sa voiture dans le garage. Anthony n'a pu que constater son état d'encombrement quand l'apprenti bricoleur lui a montré la porte de la cave à réparer.

L'homme de main ignore encore à quel point il est l'objet de toutes les attentions. Son souci à cet instant est surtout de ne pas être remarqué. La rue est calme. Personne ne paraît faire attention à lui. Les premiers habitants commencent à rentrer chez eux après une journée de labeur.

La voiture qu'il a « empruntée » passe totalement inaperçue. Il doit se forcer à se calmer. Impensable que le plan qu'il a échafaudé échoue à cause d'un défaut de maîtrise. Tout dans son attitude doit refléter la sérénité. Ne pas montrer des signes de nervosité. Ceux-ci seraient perçus par Laurent comme une menace potentielle. Surtout après les mises en garde de sa femme !

Anthony a compris l'état d'esprit du responsable de ses malheurs. Étouffé par son épouse, il a besoin de prouver à cette dernière que son jugement est sûr et qu'elle s'inquiète sans raison. Une maladresse de sa part et il n'en faudrait pas beaucoup pour que Laurent se méfie de nouveau de lui et regrette de l'avoir rappelé.

Pour ce qu'il s'apprête à lui faire, il a avant tout besoin d'instaurer un climat de confiance. Il met la main dans la poche de son blouson et palpe la petite bouteille qu'il a pris soin d'emmener avec lui. Il a répété ses gestes. Il ne peut que réussir, à la condition qu'il conserve son sang-froid.

Tout à ses pensées, il ne voit qu'au dernier moment le monospace familier emprunter l'allée qui mène au domicile des Tillois.

Laurent en descend.

Il lui reste encore quelques minutes à patienter, pour ne pas donner l'impression d'avoir guetté l'arrivée de l'individu qu'il s'apprête à berner. Alors, la première partie du plan pourra être enclenchée et ce fumier sera contraint d'avouer.

30

Lens, dix-huit heures.

Michel effectue une dernière patrouille avec Ibrahim pour tenter de retrouver Anthony Vebler. Leur journée de travail tire à sa fin et ils désespèrent de pouvoir localiser celui qu'il est désormais convenu d'appeler le suspect.

Le capitaine Delattre décide de se rendre une nouvelle fois au domicile des Vebler. Il a réalisé, lors de sa précédente visite, le lien puissant qui unissait le garde du corps à sa famille. Si une personne peut aider à le retrouver, il est évident que c'est son épouse. Il reste à savoir si elle sera prête à le faire !

Quand les deux policiers se présentent devant l'entrée de l'habitation, ils soupçonnent déjà qu'ils ne trouveront pas l'homme chez lui. Sa femme leur ouvre la porte à la cinquième sonnerie. Son regard fuyant les alerte et Michel a l'intuition qu'elle regrette déjà ses propos du début d'après-midi. Il a assez vite la confirmation que son mari a fini par la contacter, à sa manière d'esquiver les questions :

- Enfin madame Vebler, vous n'allez pas me faire croire que depuis ce matin vous n'avez pas eu de nouvelles de votre époux. Il a au moins dû vous appeler pour dire à quelle heure il comptait rentrer ?

- Non capitaine ! Mais vous savez, il ne me tient pas systématiquement au courant de tout. Il doit souvent gérer des imprévus. Quelquefois, son patron lui demande au dernier moment de le conduire à une soirée et cela peut l'amener à rentrer tard.

- Sans même se donner la peine de vous informer s'il mange avec vous et les enfants. Vous m'étonnez ! Je ne l'imaginais pas aussi désinvolte.

- Eh bien, il a dû oublier ou alors il a peut-être eu un problème de batterie sur son portable. Ce n'est pas très grave. Cela lui arrive. Dans ce cas-là, j'ai pris l'habitude de lui conserver une part au frais.

Devant tant de mauvaise foi, Michel préfère quitter les lieux avec le brigadier. Il laisse leur hôtesse les raccompagner jusqu'à la sortie. Étrangement, ils n'ont pas vu les enfants du couple pendant toute la durée de leur visite ce qui ne manque pas de l'étonner, la présence des forces de l'ordre attisant naturellement la curiosité des plus jeunes.

Il se rappelle le temps anormalement long qu'a mis la femme d'Anthony Vebler pour leur ouvrir. Elle a dû volontairement les obliger à monter à l'étage. Elle a sans doute eu peur qu'ils ne communiquent involontairement des informations pouvant servir à localiser leur père. À n'en pas douter, elle les avait repérés par une fenêtre avant qu'ils ne se manifestent !

Michel a laissé le brigadier Ibrahim le précéder. Tandis qu'il le suit, son regard glisse sur les différents objets abandonnés sur les meubles. L'un d'entre eux attire son attention dans un vide-poches. Il devine l'usage qu'il peut en retirer pour que l'enquête sur l'enlèvement progresse plus rapidement. Il profite alors d'un instant d'inattention de la jeune femme et le glisse dans un petit sac en plastique qu'il conserve toujours dans une poche de son blouson.

Le peigne qu'il vient de subtiliser, qui à l'évidence appartient à Anthony Vebler, devrait permettre à la police scientifique de disposer d'un échantillon ADN, au cas où le suspect ne figurerait pas dans le fichier des empreintes génétiques. De cette façon, les prélèvements de sang réalisés dans le bois pourront être exploités jusqu'au bout et confirmer ou non le rôle du garde du corps dans l'enlèvement.

Il n'est pas certain que celui-ci mesure d'ailleurs réellement les soupçons qui pèsent sur ses épaules. Rien ne dit qu'il ait lu l'info en ligne sur le site de la Dépêche du Nord. De plus, de toute évidence, il ne peut savoir si Ludovic a vu suffisamment ses traits pour le reconnaître. Quant aux éventuels indices qu'il a pu laisser dans le bois, il n'y a aucune raison de penser qu'il s'en souvienne assez pour s'en inquiéter.

Michel, tout comme le brigadier Ibrahim, a presque terminé sa journée. Un dernier passage au commissariat et ses collègues nuiteux pourront prendre le relai. Des rondes régulières, afin de surveiller discrètement l'habitation qu'ils viennent de quitter, ne seront pas un luxe, car le capitaine Delattre en est persuadé : Anthony Vebler finira bien par repasser ce soir chez lui !

*

Déjà un quart d'heure que l'employé de Christian Toury patiente devant le domicile de Laurent Tillois. C'est maintenant le bon moment pour entamer la première partie de son plan : obtenir des aveux !

Il a pu joindre sa femme un peu plus tôt pour l'avertir de ne pas l'attendre pour manger. Elle a dû raccrocher précipitamment. Des policiers venaient de stationner devant chez eux. Même si ce n'est pas bon signe, il serait étonné que les forces de l'ordre disposent de suffisamment de preuves pour qu'il risque grand-chose. Ils veulent l'interroger ? Bah ! Au pire, il écopera d'une garde à vue de quarante-huit heures et ils seront ensuite contraints de le relâcher !

Anthony a beau essayer de se rassurer comme il peut, la présence des policiers chez lui le perturbe. Il craint que son épouse ne sache tenir sa langue. Il doit retrouver rapidement la plénitude de ses moyens avant de rejoindre Laurent. Le moindre signe de nervosité pourrait tout faire rater. C'est sans doute la seule opportunité qu'il aura de rétablir la vérité et il ne s'agirait pas qu'il la loupe.

Le garde du corps se force à ralentir sa respiration et à maîtriser les tremblements de ses mains. Il palpe le flacon dissimulé dans la poche de son blouson. Le fait de toucher la petite bouteille contenant la drogue qu'il s'apprête à administrer, le calme. Il a dû payer grassement son contact à la pharmacie de l'hôpital de Lens pour obtenir le produit, mais peu importe. La dose est largement suffisante pour obliger Laurent à lui avouer ce qu'il s'est réellement passé au stade Bollaert.

Encore quelques minutes et il se sent prêt. Il quitte alors la Mégane et s'engage dans l'allée qui mène à la porte d'entrée.

Un coup de sonnette suffit. Visiblement, le propriétaire des lieux l'attendait.

*

Depuis qu'elle est partie rejoindre son amie, Hélène est inquiète. Cette foutue prémonition qui ne la quitte pas !

Laurent est demeuré évasif sur le contenu de sa soirée. Tout au plus lui a-t-il parlé d'un film qu'il pensait louer en VOD. Elle n'en croit pourtant rien ! Le ton de fausset qu'il a adopté, en lui souhaitant une bonne soirée, l'a trahi. Elle est persuadée qu'il lui cache quelque chose. Mais quoi ?

Elle ne songe pas une seconde à l'existence d'une maîtresse. Non pas que son homme manque de sex-appeal, mais il ne sait pas mentir. Elle s'en serait rendu compte depuis longtemps si c'était le cas.

Elle réfléchit à ce qu'il aurait pu lui dissimuler. Une soirée entre potes à boire des bières ? Si ce n'était que ça ! D'autant qu'Hélène ne voit pas très bien de quels amis il pourrait s'agir. Thomas, avec lequel il est allé au stade samedi dernier ? Peu probable. Depuis son dernier divorce, il a adopté une vie de noctambule qui l'a éloigné de Laurent.

Se pourrait-il qu'à son insu, il ait repris contact avec cet Anthony ?

Et finalement pourquoi pas ? Depuis quelques jours, elle le trouve plus agressif. Elle sent qu'il lui reproche, sans oser lui en parler directement, de contrôler sa vie et de l'étouffer. Ce n'est pas la première fois qu'elle éprouve ce sentiment, mais pas à ce point. Alors par bravade et pour affirmer son indépendance, il aurait pris l'initiative d'inviter Anthony pour cette fameuse soirée bricolage initialement prévue hier ?

- Dis, c'est une impression ou tu as la tête ailleurs ? Cela fait cinq minutes que je te regarde fixer tes lettres de scrabble et je n'ai pas l'impression que tu sois particulièrement concentrée sur le jeu.

Sylvie, son amie, face au manque évident d'attention d'Hélène, n'a pu s'empêcher de la bousculer pour la remettre dans la partie. Elle la connaît suffisamment pour cela.

- Oups, tu as raison ! Quelque chose me tracasse mais je dois me faire des idées. Enfin pour être franche, Laurent m'inquiète.

- Il n'est pas malade au moins ?

- Oh non, ce n'est pas cela. C'est plus en rapport avec des rêves que je fais régulièrement depuis le début de la semaine. J'ai le sentiment qu'il va lui arriver quelque chose de grave !

- À Laurent ? Tu rigoles ! Il est sûrement chez toi en ce moment. Ne te vexe pas, mais il n'y a pas plus pantouflard que lui ! Que veux-tu qu'il lui arrive ? À part tomber de son fauteuil en regardant un film à la télé, je ne vois pas. Écoute ! On va se faire une pause, se boire un délicieux vin d'Alsace que je conserve pour les grandes occasions, et tu vas tout me raconter depuis le début. J'ai préparé une quiche lorraine maison avec une petite salade pour l'accompagner. Tu verras ! Après ça, tes soucis ne seront plus que de lointains souvenirs. C'est notre soirée, alors on ne va pas la gâcher pour si peu !

Hélène accepte avec enthousiasme la proposition de Sylvie. Elle décide de mettre de côté sa paranoïa et de profiter du moment présent. Son amie est un fin cordon bleu, il serait dommage de plomber l'ambiance d'une soirée qui s'annonce prometteuse avec des pressentiments ridicules.

D'autant que, selon toute vraisemblance, Laurent doit déjà être vautré sur le canapé, une bière à la main et un paquet de chips dans l'autre, face à un de ces ineptes films d'horreur !

*

Le garde du corps ne s'était pas trompé. Laurent est visiblement heureux de le retrouver.

Il a tout de suite l'impression que le bricolage va passer au second plan. L'homme lui a demandé de venir pour échapper à son ennui, et accessoirement se prouver à lui-même qu'il est capable d'exister, indépendamment de son épouse.

- Bonsoir, Anthony ! Je me demandais encore si tu viendrais. Désolé pour hier soir, un empêchement de dernière minute. Je suis content que tu aies pu te libérer aujourd'hui !

- Bonsoir, Laurent ! Tu peux me croire, on ne se connaît pas depuis longtemps, mais ce n'est pas pour ça que je t'aurais laissé tomber. Tu m'as immédiatement paru sympathique et j'ai senti que tu ne t'en sortirais pas tout seul. Et puis, il est hors de question que du vin vieillisse mal et puisse être gâché à cause d'une porte de cave qui ne ferme pas bien ! Après tout, je te devais un renvoi d'ascenseur. Tu as quand même pris la peine de te déplacer au commissariat pour aider à retrouver l'agresseur de mon patron !

Anthony marche sur des œufs. Il doit absolument établir un climat de confiance pour pouvoir réaliser son plan. L'allusion au vin n'était pas innocente. Il espère que Laurent, par association d'idées, lui offrira un verre avant de démarrer les travaux. Peu importe quelle boisson il lui proposera. Un verre, c'est tout ce qu'il lui faut pour y introduire le produit qu'il conserve dans sa poche. Du thiopental sodique plus communément appelé Penthotal. Un barbiturique utilisé pour induire l'anesthésie, mais aussi pour provoquer l'endormissement et fausser la mémoire à court terme. Son contact lui a fourni une dose infime et lui a conseillé de l'administrer en plusieurs fois. L'administration par voie orale n'est pas classique en France, mais dans le cas présent, Anthony n'a pas d'autre solution pour que Laurent dévoile enfin son vrai visage.

- Euh ! Mais tu sais, on n'est pas obligé de démarrer tout de suite. Ça te dirait de prendre un verre pour se donner du courage ?

Bingo ! Cet imbécile est tombé dans le panneau.

- C'est une bonne idée, et puis tu as raison, rien ne presse. Je n'avais rien de prévu ce soir !

- Bon ! Eh bien, dans ce cas, je te propose de manger avec moi ! Ma femme ne rentrera pas avant vingt-trois heures. Cela nous laisse un peu de temps avant de démarrer la réparation de la porte…

31

Déjà une heure que Tarek poireaute en vain devant le domicile d'Anthony. Mais que peut-il bien encore trafiquer dehors à cette heure-là ? Il n'est pas rentré manger. Tarek en est sûr. Il a aperçu la femme de ce minable, seule à table avec ses deux enfants, avant qu'elle ne se décide à baisser les volets, et la voiture du chef de famille n'est de toute façon pas garée dans l'allée. Alors, où peut-il bien être ?

Tarek n'a pas d'autre choix que de prendre son mal en patience.

Il a toujours détesté son collègue, aussi loin qu'il s'en souvienne. Inimitié partagée. Anthony lui a toujours témoigné une franche hostilité.

Au plus profond de lui-même, Tarek a toujours jalousé la proximité entre le garde du corps et Christian Toury. Son rival a toujours pris soin de se rendre indispensable auprès du chef d'entreprise pour éloigner la concurrence et en retirer tous les avantages, et cela Tarek n'a jamais pu le supporter. Mais aujourd'hui, cela va changer. Cet arriviste sans scrupule est tombé en disgrâce et Tarek est sur le point de lui régler définitivement son compte.

Après réflexion, que son ennemi ne soit pas encore chez lui n'est peut-être pas une mauvaise chose. Le responsable de la sécurité du clan Toury va avoir l'occasion de se familiariser avec les lieux.

Il va devoir redoubler de prudence. L'article de la *Dépêche du Nord* a mis l'accent sur le fait que la police a Anthony à l'œil. Il paraît d'ailleurs étonnant que le domicile de ce dernier ne fasse pas l'objet d'une surveillance plus étroite. Que les forces de l'ordre désirent l'intercepter, pour l'interroger dans le cadre de l'enlèvement, ne l'étonnerait pas.

Tarek frémit à l'idée que ce dernier puisse révéler ce qu'il sait. À coup sûr, les Toury auraient du mal à se justifier et lui serait en première ligne. Il doit agir avant que l'irréparable ne se produise.

La rue est déserte. Un petit jardinet devant l'habitation témoigne qu'à l'évidence celui chargé de l'entretenir n'a pas la main verte. Une haie de troènes mal entretenue délimite une pelouse envahie par les mauvaises herbes. Un portillon défraîchi ferme l'accès à une allée étroite qui mène à la porte d'entrée.

Pas de bruit à proximité. Les voisins mitoyens ont déjà fermé leurs volets. Le danger ne viendra pas d'eux.

La maison de lotissement n'offre pas beaucoup d'alternatives pour guetter sa cible sans être vu. Il ne va pas avoir d'autre choix que de s'agenouiller sur l'herbe humide derrière la haie. De cette façon, il devrait pouvoir surprendre Anthony, sitôt qu'il aura franchi le portillon. Son pantalon risque d'en souffrir mais tant pis. Au moins, s'il prend l'envie à des flics de patrouiller devant le logement des Vebler, ils ne le remarqueront pas !

Le plus difficile sera de ne laisser aucune trace. Prévoyant, Tarek s'est muni d'un bonnet et de gants, mais il préfère attendre pour les enfiler. Inutile d'attirer l'attention avec un tel accoutrement en plein mois d'avril !

Tarek est prêt. Le moment est venu pour lui d'abandonner le confort de sa voiture pour rejoindre la cachette qu'il vient de repérer. Un dernier regard sur la rue déserte achève de le rassurer. Personne en vue. Si la maison fait l'objet d'une surveillance policière, elle ne l'est pas de façon continue.

En s'agenouillant, il espère que son attente ne sera pas vaine, car à bien y réfléchir, rien ne lui garantit qu'Anthony passera la nuit chez lui !

*

Décidément, rien ne se passe comme prévu.

Au début, tout s'était pourtant parfaitement déroulé : il avait facilement réussi à verser le sérum dans le verre de Laurent et celui-ci n'avait pas mis longtemps pour venir à bout du breuvage. À l'origine, une bière blonde peu alcoolisée du nom d'une abbaye. À cet instant, Anthony était confiant sur la suite des événements. Son hôte n'avait pas remarqué l'amertume plus prononcée de la boisson et l'avait bue sans hésiter.

C'est après que cela s'était gâté. Le produit n'avait pas eu l'effet escompté. L'homme qu'il venait de droguer avait alterné phases d'assoupissement et crises d'hilarité sans qu'il ne parvienne à le mettre en condition d'avouer quoi que ce soit.

Plus d'une heure s'est maintenant écoulée depuis que Laurent a ingéré le mélange et le contrôle de la situation continue à échapper à son tourmenteur. Les deux hommes sont assis sur le canapé. Un canapé deux places, en cuir couleur jaune moutarde, qu'Anthony ne voudrait en aucun cas dans son salon. Le propriétaire des lieux s'est réfugié au creux de l'épaule du garde du corps et entreprend de lui raconter dans le détail son enfance, ne s'interrompant que pour renifler bruyamment. Une lumière tamisée et un cadre sur un guéridon affichant la photo de deux jeunes adultes, à n'en pas douter les enfants du couple, ajoutent une touche intimiste à la confession. Et Laurent d'évoquer, entre deux crises de larmes sur un ton plaintif, un père autoritaire peu démonstratif et une mère effacée, soumise à son mari.

Anthony montre vite des signes d'énervement, car ce n'est pas vraiment le discours qu'il a envie d'écouter. Il n'est pas là pour pratiquer une séance de psychanalyse, mais a parfaitement pris conscience qu'il est à l'origine de ce résultat désastreux. Car selon toute vraisemblance, il a mal dosé le produit. Ce n'était pas très intelligent de sa part. Il aurait dû suivre le conseil de son contact à la pharmacie et le verser progressivement, plutôt que de vouloir gagner du temps en l'administrant en une seule fois. Il lui est maintenant impossible de faire machine arrière, si bien qu'il va lui falloir ruser pour ramener Laurent sur le sujet qui lui tient à cœur.

- Et ton papa, il avait l'habitude de t'emmener au stade Bollaert ?

En s'adressant à sa victime comme à un enfant, Anthony espère l'orienter en douceur vers l'agression de son patron. Le senior, en pleine régression, adopte une voix fluette pour lui répondre. Dans la bouche de l'adulte de presque soixante ans, les mots raisonnent bizarrement et donnent involontairement à la scène un aspect comique.

- Ah non ! Mon papa, il y allait avec ses copains, mais jamais avec moi !

- Et quand tu as été grand, tu as fini par y aller sans lui ?

- Euh oui, plein de fois !

- Tu aimes voir jouer l'équipe de Lens ?

- Oh oui, surtout quand ils gagnent !

- Les gens sont gentils avec toi au stade ? Jamais personne ne t'a embêté ? Et toi, tu n'as jamais été méchant avec quelqu'un ?

- Euh si, une fois avec un monsieur !

Anthony jubile. Il est sur le point d'obtenir l'aveu tant désiré, aussi il retient son souffle, tout en s'assurant que son smartphone enregistre la conversation.

- Ah bon ! Raconte-moi !

- Un monsieur avait renversé ses frites sur moi, alors je n'étais pas content et je l'ai disputé et lui m'a dit des gros mots, et puis…

Anthony ne veut plus en entendre davantage. Sa patience est à bout. Il prend Laurent par le bras et lui assène une gifle. Surpris, ce dernier regarde sans comprendre l'homme qui le brutalise et éclate en sanglot.

- Tu n'es qu'un méchant, et puisque c'est comme ça, je m'en vais dans ma chambre !

- Tu n'iras nulle part ! Ici, c'est moi qui commande. Tiens, prends encore ça pour t'apprendre à obéir !

La main s'élance et atteint sa cible, laissant une nouvelle empreinte de doigts sur la joue d'un Laurent interloqué. Anthony ne parvient plus à se maîtriser. Sa face sombre est sur le point de reprendre le dessus. Un rictus méchant traverse son visage. Il empoigne le col de son souffre-douleur et s'apprête à lui adresser un nouveau coup.

C'est alors qu'il ressent une douleur fulgurante à l'épaule. Il lâche brutalement Laurent qui chute sur le tapis du salon. Par réflexe, il pose la main sur la zone douloureuse. Un liquide poisseux, qu'il identifie sans mal, la recouvre aussitôt : du sang !

Un regard, par-dessus son épaule, lui suffit à identifier sans mal son agresseur, ou plus exactement, son assaillante. Il a tout juste le temps de s'en étonner. L'épouse de Laurent, un couteau dans la main droite, s'apprête à le frapper une deuxième fois !

32

Michel regarde distraitement une émission de télé-réalité culinaire, plus pour tenir compagnie à Sidonie que pour admirer les exploits des candidats, quand son téléphone professionnel se met à vibrer.

- Ah non, tu ne vas pas décrocher ? Pour une fois qu'on a une soirée tranquille tous les deux. Et puis, tu pourrais très bien être indisponible. Après tout, tu n'es plus en service.

- Tu sais très bien que je ne peux pas. Ils savent que je suis chez moi. Je les connais ; ils vont insister. D'autant que si quelqu'un m'appelle du commissariat à cette heure, il doit y avoir une bonne raison ! Je vais au moins regarder qui essaie de me joindre.

Un regard sur l'écran du portable, qu'il laisse toujours à portée de main, le conforte dans sa décision de répondre : « *Marc Binet* ». Si le lieutenant Binet se donne la peine de le déranger chez lui, c'est qu'il y a du nouveau sur l'affaire Toury.

Ce qu'il a appris à le détester ce Christian Toury ! Qu'une crapule de cet ordre puisse parader en toute impunité devant notables et politiques locaux le dégoûte profondément. Même si le policier a depuis longtemps pris conscience qu'il ne peut refaire le monde, accrocher l'homme d'affaires à son tableau de chasse ne lui déplairait pas.

- Allô, Marc, que t'arrive-t-il ?

- Nous avons eu des nouvelles d'Anthony Vebler. Hélène Tillois vient de nous appeler !

Le lieutenant Binet est entré directement dans le vif du sujet, en ne prenant pas la peine de s'excuser de son appel tardif. Après tout, il n'a fait que se conformer à une demande du capitaine Delattre qui souhaitait être informé si le suspect était localisé.

- Il y a du grabuge ?

- Tout ce que je sais, c'est qu'elle a appelé pour nous demander d'intervenir à son domicile de toute urgence. La patrouille la plus proche de la zone, qui exerçait également une mission de surveillance sur l'habitation d'Anthony Vebler, s'est rendue immédiatement sur place. D'après ce que j'ai compris, son mari a été agressé. Il aurait été drogué. Elle a eu le réflexe de contacter aussi le SAMU.

- Et le rapport avec Vebler ?

- C'est lui l'agresseur ! Elle l'a reconnu. Et tiens-toi bien ! Elle nous a avoué avoir dû le poignarder pour secourir son époux !

- Tu veux dire qu'elle l'a tué ?

- Non, il est parvenu à s'enfuir, mais il est sérieusement blessé !

- Je te retrouve dans un quart d'heure chez les Tillois. Je connais leur maison. J'ai eu l'occasion de m'y rendre avec Mustapha. À tout de suite !

En raccrochant, Michel tourne la tête d'un air contrit vers Sidonie. Un coussin, reçu en plein visage, lui fait comprendre immédiatement qu'elle n'apprécie que modérément sa décision de rejoindre ses collègues à une heure aussi avancée.

- Salaud, quand je pense que tu m'as fait croire que tu allais quitter la police pour le privé. Mais aie le courage de l'admettre au moins : tu ne le feras jamais. Tu l'aimes trop, ton uniforme !

- Écoute ! Je n'ai pas le temps d'en discuter avec toi maintenant, mais crois-moi, je suis toujours décidé à changer de métier. J'ai encore un mois à faire. Fais-moi confiance et sois patiente. Ce n'est plus que l'affaire de quelques jours !

Sur cette dernière parole, il tente d'embrasser sa compagne qui détourne la tête. Après avoir rapidement rassemblé ses affaires, il franchit le seuil de la porte avec une légère appréhension : Sidonie est-elle encore prête à un dernier effort ou doit-il s'attendre à trouver de nouveau le logement vide à son retour ?

*

Anthony a mal. Son épaule le fait atrocement souffrir. Comment a-t-il pu ne pas l'entendre arriver derrière lui ? Lui qui est censé être un garde du corps expérimenté. Ridiculisé par un petit bout de femme dans la force de l'âge, quelle humiliation !

Il a préféré fuir quand il a compris qu'elle n'hésiterait pas à le tuer pour défendre son homme. Son plan a lamentablement échoué et il ne parvient pas à s'expliquer pourquoi.

Elle aurait dû rentrer beaucoup plus tard. Enfin, c'est ce qu'avait prétendu Laurent ! Alors, comment expliquer ce retour inopiné qui a tout gâché ? Sans cela, il serait parvenu à obtenir l'aveu escompté. Il en est sûr. Ce n'était plus qu'une question de minutes.

Assis derrière le volant de sa voiture, Anthony tente de stopper l'hémorragie en comprimant la blessure avec le gilet jaune trouvé dans la boîte à gants. À le voir s'imbiber de sang, il comprend rapidement qu'il n'y arrivera pas tout seul, et l'unique personne qui pourrait l'aider à l'instant présent, c'est son épouse.

Utilisant la chasuble comme une compresse, il la positionne sur sa blessure et réajuste difficilement son pull par-dessus. Le bras atteint commence à s'engourdir et il peine déjà à le déplacer. Heureusement pour lui, le hasard a voulu que la jeune retraitée, en voulant défendre son mari, vise son épaule gauche.

Il doit agir vite s'il veut encore avoir une chance de s'en tirer. Celle qui l'a poignardé l'a reconnu, et pour faciliter encore plus la tâche de la police, il s'est même donné la peine d'abandonner son blouson sur place avec ses papiers dans la poche intérieure. Si ce n'est pas le comble de l'amateurisme, ça !

Il n'y a plus une minute à perdre. Il va d'abord passer chez lui. Sa femme saura lui prodiguer les premiers soins. Il prendra quelques affaires, et puis commencera alors une longue cavale pleine d'incertitudes. Mais d'abord il doit se dépêcher, les flics ne mettront pas longtemps avant de se rendre à son domicile. Il doit impérativement en être parti avant leur arrivée !

*

- Je suis désolé madame Tillois de ne pouvoir vous laisser accompagner votre mari dans l'ambulance, mais ne vous en faites pas ! J'ai discuté avec un médecin du SAMU. Anthony Vebler s'est contenté de le droguer. Il va s'en sortir. Une bonne nuit en observation devrait suffire pour dissiper les effets du produit. Il sera nécessaire de faire des analyses pour l'identifier, mais je ne serais pas étonné qu'il s'agisse d'un sérum de vérité. Ce n'est pas la première fois que j'en vois les effets sur une personne.

- Un sérum de vérité ? Ça s'utilise encore à notre époque ? Mais pourquoi lui, capitaine ? Un homme aussi tranquille que Laurent ?

- Apparemment, le garde du corps de monsieur Toury était persuadé que votre mari avait agressé son patron et je pense qu'il voulait par ce moyen obtenir des aveux.

- Mais cela n'a aucun sens, Laurent s'est même déplacé dimanche dernier au commissariat pour apporter spontanément son aide afin de retrouver le responsable de cet acte !

- Je sais. Cela peut paraître étonnant. Mais pour le moment, j'ai besoin que vous me racontiez une nouvelle fois le déroulement de la soirée. Vous deviez rentrer plus tard à ce que j'ai compris ?

- J'avais, depuis le début de la soirée, un mauvais pressentiment qui ne me quittait pas. J'en avais bien parlé à mon amie Sylvie, chez laquelle je me trouvais avant de revenir ici, mais elle ne me prenait pas vraiment au sérieux. On commençait tout juste à manger quand j'ai eu une vision. J'ai vu clairement un individu frapper mon mari ! Vous devez me trouver ridicule ?

- Pas du tout ! Mais continuez : que s'est-il passé ensuite ?

- Ensuite, j'ai fini par laisser mon amie. Je voulais rentrer chez moi au plus vite pour m'assurer que Laurent n'avait pas de problème. J'avais bien essayé de le joindre sur son portable, mais il basculait tout de suite sur messagerie. J'avais prévu un rapide aller-retour, mais en arrivant devant la maison, j'ai senti qu'il se passait quelque chose d'anormal. Mon mari a l'habitude d'écouter de la musique fort en mon absence, et tout était étrangement silencieux. Alors je suis rentrée sans bruit en passant par derrière. De la cuisine, j'ai entendu une drôle de voix, que j'ai mis quelques secondes à reconnaître. C'était Laurent qui parlait avec une voix d'enfant. Un homme lui posait des questions bizarres. Du style : « Est-ce que tu as été méchant avec quelqu'un ? ». D'un seul coup, la discussion a dégénéré. J'ai entendu le bruit d'une première gifle, suivie immédiatement par une autre. J'ai alors eu l'impression que mon mari était en danger et je n'ai pas réfléchi. J'ai pris un couteau. Je me suis approchée en silence, et à l'instant où il s'apprêtait à frapper de nouveau Laurent, je lui ai porté un coup à l'épaule gauche. Il s'est retourné, et là je l'ai reconnu : c'était Anthony Vebler. J'avais fait sa connaissance quelques jours auparavant. En me voyant, il a eu l'air surpris. Je l'avais blessé assez sérieusement, à en juger la tache de sang qui s'élargissait sur son pull. Je pense que c'est pour cela qu'il a préféré prendre la fuite, sans même essayer de se défendre. Après j'ai appelé le SAMU, et tout de suite après, le commissariat !

- Vous avez bien fait ! Vous n'avez pas une idée de la direction qu'il a pu prendre en s'enfuyant ?

- Non, tout s'est passé très vite et j'étais surtout préoccupée par l'état de mon mari. Mais vous savez, compte tenu de sa blessure, il n'a pas dû aller très loin. Je crois qu'il avait un besoin urgent de recevoir des soins !

- Vous avez tout à fait raison et je ne vois qu'un endroit où il a pu se rendre pour être soigné sans avoir à craindre des questions embarrassantes !

*

Anthony vient de prendre un second coup de couteau. Il s'apprêtait à rentrer chez lui. Il avait la main posée sur la poignée.

Il était parvenu à rejoindre difficilement son habitation, ce qui explique qu'il ne l'ait pas entendu approcher. Il a cependant reconnu Tarek, avant qu'il ne s'éloigne rapidement.

Cela ne l'étonne qu'à moitié. Il n'est pas surpris que son patron ait ordonné son exécution. Il devenait trop dangereux pour la famille Toury. Et dire qu'il aurait accepté de se sacrifier pour son boss !

Anthony est allongé sur le perron et sent sa vie s'en aller. De l'autre côté de la porte, sa femme Hélène ne se doute de rien. Quelle ironie qu'elle porte justement le même prénom que celle qui a tout fait rater. Il l'avait bien sous-estimée celle-là ! Décidément depuis une semaine, il n'aura réussi qu'à accumuler les erreurs.

Les yeux tournés vers le ciel, il se sent enfin apaisé. Ses crises de colères sont maintenant derrière lui. Il pense à ses enfants, à sa femme et soupire. Quel gâchis ! Le moins qu'il puisse dire est qu'il n'a pas été à la hauteur. Il a passé son temps à négliger sa famille et à renier ses valeurs. Et puis toute cette violence en lui, qu'il s'est efforcé de maîtriser sans toujours y parvenir ! Pourquoi a-t-il fallu qu'il se tourne vers un métier qui ne l'y aidait pas ?

La nuit est étonnamment claire pour un mois d'avril. Les étoiles scintillent comme pour lui indiquer la route vers sa nouvelle demeure. Il identifie sans mal la Grande Ourse et la Petite Ourse. Les seules constellations qu'il connaisse. Son regard se voile. Il a conscience qu'il n'en a plus pour longtemps.

Toute proche, la sirène d'une voiture de police lui parvient de façon assourdie. À présent, les astres disparaissent les uns après les autres. Le cône de lumière, souvent décrit comme l'ultime vision avant la mort, se fait attendre et sa vie ne défile pas davantage devant ses yeux. À cet instant, seule l'obscurité domine. Le froid commence à l'envahir. Mourir sans personne à ses côtés, qui plus est, à l'aube de ses quarante ans, c'est vraiment trop con !

Épilogue

Un mois s'est écoulé.

Michel est allongé dans son lit et profite de la matinée à côté de sa compagne. Ils viennent d'emménager dans un appartement fraîchement rénové. Une location, tout près du travail de Sidonie, qu'elle a réussi à dénicher en faisant jouer ses relations.

L'ancien policier fixe le ventre de celle qui partage sa vie. Celle-ci l'observe, amusée.

- Tu es bête, ce n'est pas parce que le test est positif que tu vas pouvoir en mesurer tout de suite les effets sur mon corps !

- Je sais, mais je ne peux pas m'empêcher de t'imaginer avec un gros ventre.

- Sois patient, cela arrivera bien assez vite ! C'est déjà une bonne chose que pour le moment tout se déroule bien et que je n'aie pas à souffrir de nausées. Avec un peu de chance, je vais pouvoir profiter de l'été sans être trop diminuée. Les vacances approchent et cela aurait été dommage de devoir renoncer à notre séjour en Corse. Au fait, tu as eu des nouvelles de ta sœur depuis sa séparation ? Ludovic la laisse enfin en paix ?

- Ah oui, je ne t'en ai pas encore parlé. Je l'ai eue au téléphone hier soir. Elle m'a raconté qu'il a été contacté par une maison de production. Figure-toi qu'ils veulent faire un téléfilm sur son histoire. La somme qu'ils proposent lui permettrait de se remettre à flot et de rembourser ses dettes.

- À condition que ton beau-frère renonce aux jeux de hasard, ce qui n'est pas encore gagné !

- Tu as raison ! Mais l'essentiel pour Émilie, c'est de ne pas traîner les dettes de Ludovic comme un boulet, avant que leur divorce ne soit officiellement prononcé. Elle s'est installée à une quinzaine de kilomètres des parents et a réussi à scolariser les enfants pas très loin de chez elle. Elle a trouvé un accord avec lui pour qu'il puisse continuer à voir Jules et Coline le plus souvent possible. Il a enfin compris qu'elle ne reviendrait pas sur sa résolution de le quitter.

- Je suis sûre que ta sœur a pris la bonne décision. Je connais ce genre d'individu, il ne change jamais réellement. Tu verras que, tôt ou tard, il replongera dans les emmerdes. Au fait, il travaille toujours à la Banque Postale ? « Emprunter » de l'argent à un client n'a pas dû favoriser son plan de carrière !

- Tu penses bien ! La banque a préféré éviter le scandale. Elle a indemnisé discrètement sa fidèle cliente et a encouragé vivement Ludovic à quitter l'entreprise. C'était ça ou le licenciement pour faute lourde. Mon père a accepté de rembourser la somme détournée pour épargner Émilie et aucune poursuite ne sera finalement engagée. Il s'en sort vraiment bien.

- Ah bon, les Toury ont renoncé à se venger ?

- Tu parles ! Ils ont bien d'autres chats à fouetter. Tu te souviens ? L'analyse du sang prélevé dans le bois avait permis de formellement identifier Anthony Vebler, mais rien ne permettait de le rattacher à son employeur. Christian Toury jurait la main sur le cœur qu'il n'avait rien à voir dans cette affaire et que son subordonné avait agi de sa propre initiative.

- Oui, tu m'en avais parlé. Je crois aussi me souvenir que le responsable du coup de couteau mortel n'avait pas été identifié.

- Non, toujours pas ! Une personne employée par la famille est soupçonnée, mais jusqu'à présent, faute de preuves, on n'est pas parvenu à l'inculper. J'en reviens aux Toury ! Le lendemain du décès du garde du corps, l'analyse de la terre prélevée par le brigadier Ibrahim a rendu son verdict et le lieu de détention a été localisé. D'après ce que j'ai compris, une graminée assez rare, trouvée dans l'échantillon, a permis de restreindre la zone de recherche. Ludovic a été mis à contribution. Il a accompagné une patrouille pendant une journée et a fini par reconnaître formellement la bâtisse, dans une petite rue isolée.

- Ne me dis pas que, comme par hasard, la maison appartenait à Christian Toury ?

- Pas à lui directement, à sa femme. Elle était enregistrée sous son nom de jeune fille, et il ne nous a pas fallu longtemps pour faire le rapprochement !

- Et cela a suffi pour l'inculper ?

- Non, tu t'en doutes ! Il a prétendu que quelqu'un avait utilisé l'habitation à son insu. Il y avait cependant un faisceau de présomptions suffisant pour obtenir une commission rogatoire du juge. Et c'est là que nous avons eu de la chance. En perquisitionnant sa demeure, nous sommes tombés sur un document qui évoquait un transfert de fonds de plusieurs millions d'euros dans un paradis fiscal. Il avait été assez imprudent pour le conserver dans un tiroir de son bureau. La brigade financière, qui l'avait à l'œil depuis un certain temps, a immédiatement pris le relai. Tu peux donc facilement concevoir qu'aujourd'hui le chef de clan a bien d'autres préoccupations que Ludovic.

- Dis-moi, à t'entendre parler de l'enquête, j'ai du mal à réaliser que tu as tourné la page. Quand je pense que tu as fait tes adieux à tes collègues hier. Tu es certain que ton uniforme, avec le prestige qui va avec, ne va pas trop te manquer ? Tu sais, ce prestige qui faisait tant chavirer le cœur des femmes quand tu les interrogeais !

- N'importe quoi ! Tu ne serais pas en train de me provoquer ?

Un éclat de rire répond à sa question. Sidonie l'embrasse alors tendrement, puis langoureusement. Michel saisit le message. Les contraintes du métier de policier, pour une fois, ne les interrompront pas. La matinée est à peine entamée, et en ce samedi de mai, rien ne les obligera à sortir du lit !

*

- Tu es sûre de ne rien avoir oublié ?

- Écoute, tu m'as déjà posé la question par deux fois ! Tu peux vérifier par toi-même si tu n'as pas confiance !

- D'accord Hélène, ne t'énerve pas. Eh bien dans ce cas, on peut se mettre en route. Le Crotoy, on arrive ! Ah, rien que d'y penser, j'en ai déjà les papilles qui frétillent. Quelques jours de vacances dans la baie de Somme à savourer des fruits de mer. Finalement, que pouvons-nous demander de plus ?

Plusieurs semaines après l'agression dont Laurent a fait l'objet, le regard d'Hélène sur son mari a changé. Les liens entre les deux époux se sont resserrés. Une complicité retrouvée les unit de nouveau.

La peur de perdre son conjoint a amené la jeune retraitée à se remettre en cause. Elle a établi de nouvelles priorités. L'émotion qui l'a submergée, au moment où elle a poignardé Anthony Vebler, lui a fait comprendre à quel point elle tenait à son homme.

Laurent, de son côté, a également pris conscience de son manque de discernement - c'est bien la peine d'envisager des complots partout, si on n'est pas capable d'en voir un devant sa porte. Dorénavant, il fera davantage confiance au don de voyance de sa femme. La façon dont elle s'est portée à son secours a aussi été pour lui une révélation. Elle s'est mise en danger pour lui. Ce n'est pas rien. Que se serait-il passé si elle avait échoué et que son agresseur s'en était pris à elle ? Dire qu'il a fallu ce coup du sort pour qu'il réalise à quel point il l'avait négligée !

À la suite de ces événements, tous deux ont décidé de profiter d'un pont pendant le mois de mai pour s'octroyer des vacances. Une façon de faire un break, pour échapper temporairement à l'enquête de police qui a suivi la mort du garde du corps. Hélène n'a pas été inquiétée. Elle n'a fait qu'intervenir pour venir en aide à son mari. Elle a dû répondre à des questions qui l'ont amenée à réfléchir sur la fragilité de la vie. Elle a contribué à tuer un homme et elle en a été profondément affectée, même si le rapport du médecin légiste a démontré qu'elle n'avait pas porté le coup de couteau mortel.

Laurent n'a pu s'empêcher d'aller à l'enterrement d'Anthony. Il voulait comprendre ce qui l'avait amené à s'en prendre à lui. Il a vu une famille dévastée par la mort d'un proche. Il n'a pas eu de réponses à ses questions. Il a simplement perçu, grâce aux témoignages entendus durant la messe, une partie de la dualité qui existait en lui. Une personnalité complexe qui, en dehors d'un métier qui l'amenait à recourir à des pratiques douteuses, était un père de famille aimant et un époux semblable à des millions d'autres. En définitive, un homme qui, au cours de sa vie, n'aura eu que le tort d'en croiser un autre : Christian Toury, un manipulateur sans scrupules qui l'aura modelé à son image.